U0109565

陳長慶作品集

一九九六～二〇〇五

小說卷（四）

【陳長慶作品集】

小說卷・四

目次

春花／5
夏明珠／99

春花

寫在前面

親愛的讀者們：

《春花》是我首次以第三人稱創作的一篇小說，文中的人物故事確係虛構，如與實際人生相若，純屬巧合。當然我們也深信，文學脫離不了人生，虛構的作品，有時恰與實際人生雷同，冀望讀者們，能以看小說的心情，讀完每一個章節，對文中的人物或故事，毋須加以臆測和聯想。

1

天氣漸漸涼了，冬的腳步近了。四年一次的選舉也同時降臨，小小的島嶼被炒得熱鬧滾滾。然而，國父孫中山先生的「選賢與能」，在這個現實的社會卻不能「貫徹始終」。選民素質的低落，總敵不過政客的謊言、銀彈的攻勢。任你有滿腔的熱血，滿懷的大志，想來一次乾淨選舉、君子之爭，如果缺少臨門的「一彈」，依然只能在殿堂外面徘徊，在睡夢中當選。

經過多方面的評估，以及眾家的慫恿，空金決定推出他的太太春花出來選代表，因為春花生來一副俏模樣，人美嘴也甜，雖然書讀不多，又出身在酒店，但這些似乎不重要，俗語說「英雄不怕出身低」，只要能當選，就是人人羨慕的民意代表，誰還記得她曾經在酒店、出賣色相，陪著客人飲酒作樂。

選舉，除了人外；最現實的問題就是錢。

錢，人人愛；看到一百元的孫中山「爽」。

錢，不嫌多；看到一千元的蔣中正「更爽」。

然而錢從那裡來，空金和春花經過盤算，勉勉強強僅能籌到十幾萬，雖然是小選區，若依人口比例、候選人數，必須有三百票的實力才能當選。如以每票一千元計算，得花三十萬，再加上椿腳的酬勞、文宣品、宣傳車、茶水、香煙、便當……等等，少說也得花上五十萬，還差三十餘萬。如果向親友借，非但不易，而且也會惹人笑。春花靈機一動，高興地對空金說：

「找阿爸。」

「找阿爸？」空金重複她的語氣，「阿爸沒有錢啦。」

「說你戇，你不承認，」春花指著他的額頭，笑著說：「我看不戇多、也戇少，阿爸有房子又有地呀！」

「妳要阿爸賣房子、賣地？」空金訝異地問。

「不是啦。」她伸出手指，如意地盤算著，「我們可以把房契、地契，拿到銀行去貸款。」

「要怎麼還呢？」

「一旦當選，油水可多著呢。出席費、車馬費、公關費、補助款，還有許多搞不清名目的錢，除了還貸款外，也足夠我們過好日子。」春花得意地說。

「阿爸會答應嗎？」空金心有疑慮地說。

「阿爸是一個沒見過世面的鄉下人，整天與田為伍、與牛為伴，守著那幾畝旱田，永遠翻不了身。」春花說著，烏黑的大眼睛一眨，一絲鄙夷的眼神隨即在眼裡閃爍，「無論如何，我們要說服他、開導他。」

空金亦有同感地點點頭。不錯，從他懂事開始，阿爸就沒有過過一天好日子。黑色的粗布衣衫，袖管與褲管同時捲起；古銅色的皮膚，深深地銘刻著歲月的痕跡。清瘦的面龐，深凹的雙頰，銀白的髮絲快速地在他頭頂上擴散；髮間夾著黃色的沙塵。髒亂的頭髮對一位老農夫來說，猶如天天聞到的水肥味一樣，是那麼的自然。癢了、亂了，就用粗糙又沾滿污垢的手指抓一抓、抹一抹。掐指一算，老伴整整離開他十幾個年頭了，他從未想過，要讓自己過甚麼樣的日子，唯一的，只想把空金養育成人，除了傳宗接代，繼承香火，將來老了也有一個依靠。因此，他日日月月默守著老祖宗留下的這片田地，無怨無悔，依時序耕耘和播種，從未離開家鄉一步。然而，孩子似乎沒有他想像的那麼聰穎，過於老實變成憨厚，自己沒有什麼主見，易受他人的擺佈和慫恿。因此，同齡的村童不喚他的本名王誠金，而叫他「空金」——「空」的本地話是「戇」的意思，起初他是很生氣的，很排斥的。然而，久而久之，由小到大，雖不樂意，但也得承受用空金這個不雅的名字，呼叫自己的孩子。仔細想想，自己何嘗不是也如此，因為生得矮小，老一輩與同齡的村人叫他「矮古海仔」，孩子們喚他「矮古伯仔」，反而他的學名王天海卻很少人知道。但人的名字只是一個符號，「矮古」也好，「空金」也罷，只要好記、好叫，其他的並不重要，想到這裡，他們父子的內心也就坦然多了。

空金讀完高職農科後，矮古伯仔原以為他能學以致用，幫他從事農耕工作，父子倆可同心協力，把幾塊原已休耕的旱地，重新開墾，加以利用，一方面可增加一點收成，另一方面也對得起先人。雖然只是一方小小的旱地，先人為了開墾它，不知流了多少血汗，傳到他們這一代，非但不能發揚光大，還把它給荒廢了。只是沒有幫手，空有理想和抱負，又有何用，這也是矮古伯仔一直耿耿於懷的。

空金既然沒有務農的意願，也沒有學得一技之長，當完了二年兵，退伍後，在酒店謀得一份少爺的工作。他穿起了白襯衫、黑長褲，繫上紅色的領花，留了西裝頭，好一個小帥哥。或許是因為他的戇厚和勤勞吧，當然還有一顆處男的心，隨即博取酒女春花的歡心。因而，他們戀愛了，一個是情場老鳥、酒國煙花，一位是情場新手、酒國新貴。於是，他跟她學會了吸煙、喝酒，偶而再來摸八圈，甜蜜的生活讓他如痴如醉。終於，他的處男失身在性經驗較他豐富的春花身上，這是他人生歲月的第一次，但不知是她的第幾次。或許在茫茫的酒海裡，她不願繼續沉淪，急欲尋找的是一個忠厚老實、年青力壯又可靠的男人，空金正符合她的條件，雖然她大他二歲，但在漫漫的人生歲月裡，又何妨。

起初，矮古伯仔對他倆的交往一直持反對的態度，在這個民風淳樸的小農村裡，怎麼能容下一位酒女媳婦。尤其是經常在三更半夜，喝得醉醺醺地回家來敲門，在他老人家面前又摟又抱的親熱狀，讓他感到噁心。然而，好戲還在後頭呢，他們竟那麼不要臉地閂起房門，睡在一起。從門縫傳來一陣陣輕浮的嘻笑聲，以及男歡女愛的成人遊戲聲浪。矮古伯仔雖然是過來人，但在他們那個年代，未婚的女子，大部分都是守身如玉的「在室女」，那有現在這幅情景；是否社會進步了、開放了，還是自己年老而不自知。或許什麼都不是，更不能把責任都歸咎於這個社會，所有的責任，仍要自己來承擔，因為為人父母者，沒有把子女管教好，讓他們成為這個社會的敗類。雖然他們已成人，必須為自己的行為負百分之百的責任，但學校似乎並沒有把責任這二個簡單的字，做更深一層的剖析，讓他們深入探討，而後去瞭解它的真意，致使他們只追求感官的享受，沒有責任感可言。只要他們喜歡，沒有不能做的事；羞恥心、責任感在他們內心裡，永遠是一個沉重的名詞。

空金正沐浴在「水深火熱」的愛河裡，對於矮古伯仔的規勸，雖沒有激烈的反抗，但一直採取，左耳聽、右耳出、「有聽、沒有懂」的漠視姿態。對春花更是百依百順，體貼有加。當然他更相信，家鄉有一句俗諺「娶某大姊卡好坐金交椅」，只要能娶到春花，不愁將來沒有好日子過。因而，他們套好了招數，抓住矮古伯仔老實可欺的弱點，略帶威脅地說：

「阿爸，春花是一個好女孩，雖然在酒店上班，但自從我們認識交往後，她就沒有再讓客人帶出場。」

「是好、是壞，你比我清楚，」矮古伯仔氣憤地說：「一個在酒店打滾的女孩，能好到那裡去！」

「阿爸，那是我自己的選擇。如果你堅決地反對我們結婚，我們只好走！」空金愈說聲音愈大，「到時你不但少了媳婦，也沒有了兒子！」

矮古伯仔一怔，萬萬沒有想到，自己一手拉拔大的孩子，竟會說出這種沒良心的話。他的心冷了半截，他的血液在噴張，久久說不出一句話，任由淚水爬滿著多皺的老臉，也在自己苦難的一生，投下一個變化球。

自從父子口角過後，空金已好幾天沒有回家了，當然他身邊有春花，寂寞二字對他來說是不存在的。而矮古伯仔呢，他已多日不思茶飯，也無心農耕，每天把牛拴在大樹下，呆呆地坐在田埂上，猛烈地吸著煙，低聲地嘆嘆氣。時而望望天，時而看看這片歷經多少災難的土地。守住這片土地，猶若守著老祖宗的神魂，他無怨無悔地過了大半生，把青春奉獻給泥土，換來的是一臉的溝渠，一顆蒼老的心。然而，此刻他所要面對的，並非是與這片土地有所糾葛，而是如何把一條即將腐爛的根，讓它在這片土地重獲新生。而要如何來扶植它呢？或許是不能澆太多的水，不能施太多的肥；如何才能恰到好處，的確要考驗他三十餘年的農耕智慧了。

不答應他們的婚事，就誠如兒子所說，少了媳婦也沒有了兒子。一旦把酒女娶回家當媳婦，又將如何來面對供桌上的列祖列宗，還有純樸保守的鄉親父老。

他仰起頭，凝視著遠方青青的草原，凝視著巨巖重疊的山巒，因而，他的視野變寬了、變廣了，寬廣的視野讓他做了不一樣的抉擇。

「依了他們，依了他們。」他喃喃自語地，「娶婊來做某，卡好娶某去做婊。」

他順手拔起一欉野草，即將腐爛與新生的根糾纏在一起，新生的根讓草兒茁壯，腐爛的必須回歸到塵土，這是自然的定律。人，何嘗不是也如此，在短暫的人生歲月裡，還想計較什麼？企求什麼？他牽起了牛，步履蹣跚地走在回家的小路上……。

矮古伯仔屈服了，空金和春花高興了。小小的家庭，在一瞬間回歸到年輕人的天下。他已蛻變成一個沒有聲音的老人，一隻垂垂欲死的老病貓，凡事由年輕人做主，由強勢的媳婦做主；但願孩子，不要淪落成春花的玩物，玩膩了甩一邊……。

2

矮古伯仔直起身，脫下箬笠，在面前輕輕地扇著，無力的眼神，凝視著肥大的芋頭葉。他伸手一捉，用力一掐，一條肥大的芋蟲隨即肚破腸流。他熟練地用剛拔下的青草擦擦手，手上殘存的液體再抓一把田土搓一搓，而後俯下身，矮小的身子隨即被芋頭的莖葉所遮掩。今年的雨水多，雜草長得快，芋蟲也格外地肥大，把手掌大的芋葉啃食得猶若蛛蜘網，如果草不拔，蟲不捉，它將直接地影響芋頭的成長。

「阿爸，阿爸，阿爸。」

驀然，他聽見一陣急促的喊叫聲，是阿金、是阿金。他緩緩地站起身，伸直了腰，並輕捶了二下龍骨，而後高聲地說：

「阿爸在這裡，阿爸在這裡。」說完後，緩緩地走向田埂。

空金快速地跑來，氣喘如牛又興奮地搖晃著他的雙臂說：

「阿爸，好消息，好消息！」

「好消息，什麼好消息？」他不解地問。

「春花決定要選代表，而且我們已經拜訪過村長、鄰長，他們都再三地承諾要全力支持。」

「選舉是要花很多錢的，你們有沒有盤算過？」

「老早就算過了，大約五十萬吧。」

「五十萬？」矮古伯仔臉色一變，褲管裡有涼涼的尿液滴下。是驚嚇過度？還是被這個突如其來的天文數字，讓原本就無力的膀胱也哭泣。他強忍了一下，讓輸尿管的尿液回流到膀胱。在這個家庭裡，他已經沒有生氣的權利，只能忍忍氣、吞吞聲，一切就由他們來決定吧。

「阿爸，經過再三的評估，春花絕對有勝選的希望，雖然要花一筆錢，但絕不是血本無歸的賠錢生意，而是一種投資，相信四年的報酬率會有它的好幾倍。」

「五十萬，你們有五十萬？」他有氣無力地問。

「還差三十幾萬。」空金冷冷地答。

「還差三十幾萬？」矮古伯仔聲音低低地，重複他的語氣。

「阿爸，經過我與春花商量的結果，先把我們家的房契、地契拿到銀行辦理抵押貸款，以後……」

「什麼？」沒等他說完，矮古伯仔鐵青著臉，尖聲地搶著說：「拿房契、地契去抵押？」

「阿爸，你不要窮緊張好不好！」空金擺出一張難看的撲克臉，雙手插腰，猶如老子教訓孩子般地說：「房契地契放在銀行與擺在家裡有什麼差別？房子我們照住，田地我們照耕，又有錢可用，你真是老昏了頭，連這點都搞不清！而且我們會還的，會還的！只要春花順利當選，不要一年半載，我們會還得一清二楚，一清二楚！」

矮古伯仔默不出聲，也不再回應什麼，蹲在田埂下，燃起一根煙，猛力地吸了好大一口，而後又用力地把它吐出來；一次次、一遍遍，他彷彿吐出的不是煙圈，而是血，而是血！是血又怎樣，誰會來憐憫他呢？萬萬沒想到，這個「了尾仔囝」，竟然動起房契地契的念頭，當然他也清楚，是誰出的好主意，就憑空金這個戇小子，怎麼會知道房契地契還可以到銀行抵押貸款呢？

「阿爸，我跟春花還要去拜訪椿腳，記住：回家後把房契、地契、身分證、印章，統統拿出來。」

矮古伯仔站起身，目送這個了尾仔囝的身影，消失在東邊的林木裡。他又蹲下身，而後索性坐在田埂上，看看這方泥土，看看這片賴以維生的土地。是的，房契、地契雖然只是一張紙，但卻是所有權狀，一旦失去它，也同時失去了保障、失去這片土地，這點他怎麼會不懂。只是人老不中用了，一切一切必須受制於晚輩，受制於這個現實社會裡的新新人類。他長嘆了一口氣，滿腹辛酸和苦楚並未得到紓解。他想死、想要上吊、想要跳海、想要早日上陰間，找老伴看爹娘。

他已無心再拔草、再除蟲。悶熱的氣候，鬱卒的心情，汗水已濕了他的衣裳。他抬起頭，雙眼凝視著芋田，突然地俯下身，抓起一把泥土，猛力地拋向田間，高聲的喊著：

「讓野草把你纏死，讓蟲兒把你啃光！」說完後，又丟下一句：

「幹恁老母！」

3

選舉是一樁勞民傷財的事。

當選了，當然高興；一旦落選，則欲哭無淚。

出身酒店的春花，身材高䠷，長髮披肩，皮膚白皙，能言善道，除了長得俏麗，更懂得妝扮，在眾多的女性候選人當中，更凸顯出她的不凡。然而，她自己也清楚，學歷與出身是她最弱的一環，也是對手鎖定攻擊的目標，但她似乎不在意，更無意把自己塑造成政壇上的玉女，唯一的是——只求當選，不擇手段。

坦白說，在這個小小的島嶼，在一個小小的城鄉，一個小小的民意代表，她能發揮什麼樣的功能？能夠為人民提供什麼式樣的服務？而候選人為什麼會那麼多？為什麼有人願以金錢來換取選票？為什麼人與人之間不和睦相處，為了選票分黨分派，血腥相對？總而言之，它的最終目的是為了個人的私利，「賢」與「能」在他們內心裡未免太沉重了。如果有心要替鄉親父老服務，是否需要一個冠冕堂皇的頭銜？還是為了在殿堂上有保護傘，可以胡作非為，大放厥詞。或以掀桌擲杯的激烈手段，刪減預算做要挾，迫使官員就範，以達到謀利的目的。

多數候選人的政見，並沒有新的創意和遠見，依然停留在舊有的框架上，或是在半空中畫大餅，看得到吃不到。這些招數選民已是司空見慣，非但低俗，幾乎沒有賣點。而美女牌是否管用？是否能為這次選舉帶動一股新風潮？當然，給選民一個好印象是非常重要的，內心的醜陋永遠會被美麗的外表矇蔽。或許選一個風度好、氣質佳、懂得修飾、善於包裝、美麗大方、能言善辯的民意代表，總比一張醜陋的臉來得順眼吧。誠然她有滿懷的理想，滿腹的經綸，又有一顆熱忱的心，但總敵不過一張美麗的臉，一顆虛偽的心，還有蔣中正和孫中山。

春花除了人緣好，又懂得一些竅門，畢竟她是從很遠的大城市來到這個小島嶼，或許過的橋比別人走的路還多呢。對工作人員從不疾言厲色，對樁腳的需求從不打折，但這些總是要付出代價的，天下那有白吃的午餐。

抽籤的結果揭曉了，春花抽中的不是籤王而是「十三」號。十三就數字而言，只是一個符號，並不代表任何特殊的意義。但人卻喜歡在數字上玩遊戲，十三點往往被附加在一位不太正經的女人身上，也是俗稱的「三八查某」。而酒店出身的春花，是否會與這個號碼脫不了身，被譏為十三點或三八查某？她似乎沒有想過這個問題，也不會因抽中「十三」號而引以為忤，披上「十三林春花」的彩帶，更是神完氣足，信心滿滿。

「各位鄉親父老兄弟姊妹：大家好。我是十三號林春花，承蒙各位的愛護和疼惜，讓我有機會參加這一次的選舉。雖然我來自海的那一邊，自幼也因貧困的家境而失學，長大後卻在這個污濁的社會打滾了好幾年。今天有幸成為這個島嶼上的媳婦，讓我感到驕傲。夫家世代務農，誠樸傳家，以誠待人，『誠信』也是我要追求的目標。身為公眾人物的民意代表，如果沒有『誠』她焉能為鄉親服務，如果『誠』而『無信』，又有何格來參與此次的選舉。諸位已看過我的文宣，我的政見也寫得清清楚楚，俗話說『澎風水雞殺嘸肉』，相信選民的眼光是雪亮的。我再三地向各位鄉親父老兄弟姊妹保證——

只要我當選，絕不把路燈架在我家的大門前。

只要我當選，絕不把曬穀埸鋪在我家的門口埕。

只要我當選，新修的馬路絕不以我的名字來命名。

只要我當選，絕不包山包海，盜採沙石。

只要我當選，絕不向選民索取紅包，收受不當利益。

只要我當選，絕對在各村里設服務處，隨時為選民服務。

只要我當選，絕不會四年後選舉時，才見到林春花。

只要我當選，絕不容許少數不肖的公務員，上班時泡茶聊天，奇裝異服。

只要我當選，監督市政，嚴控預算，絕不與不肖官員同流合汙。

只要我當選，選民永遠是我的頭家，不管對手用『三八春花』、『十三點』、『歹查某』來醜化我，但我服務鄉親的心永遠不變！服務鄉親的熱誠永遠不會減溫！謝謝，謝謝。謝謝，謝謝。謝謝大家！謝謝大家！」

春花說完後，深深地向台下一鞠躬，直起身後，又舉起雙手，向台下不停地揮著揮著。一陣陣熱烈的掌聲，把她送回候選人的坐位，才停止。她的聲勢與氣勢已達到了沸點，加上樁腳佈下的「銀樁」，距離當選的腳步不再遙遠，民代的美夢終將成真。每夜，拖著疲憊的身軀，在空金溫馨的懷抱裡，沾沾自喜，偷偷地笑著，笑著……

4

林春花，當選！

林春花，當選！當選！

林春花，當選！當選！當選！

震耳的鞭炮聲響起，親友的歡呼聲在耳旁繚繞，當選的滋味是甜蜜的，落選的滋味是苦澀的。林春花的當選，是她美麗的容顏在發酵？抑或是散發的銀子起了作用？或許是她的政見和保證獲得認同？任何的臆測，對她來說都不重要，因為當選的事實已擺在眼前，落選者不服氣也得服氣，正經八百「十二點」的紳仕淑女選不上，偏偏讓「十三點三八春花」選上，這能怪誰呢？怪東怪西，怪來怪去，還是要怪自己。因為誤判了「突飛猛進」的社會，忘了選民「素質」已提高，他們冀求的已非傳統的「賢」與「能」，而是政客美麗的謊言，以及人見人愛的蔣中正，還有偉大的國父孫中山。

經過結算，春花的競選經費與原先估算的差不多，他們也正式背負著三十餘萬元的債務。一個小小的民意代表，每月所具領的各項津貼，是否真如他們所想像的那麼高，還是另有其他的額外收入？這是一般選民無法瞭解的。三十餘萬的貸款，每月固定的利息錢，少說也得好幾千，而母錢要什麼時候才能還清呢？矮古伯仔的房契地契，何年何日始能把銀行的第一順位塗銷？或許，總有一天吧！

春花的當選，最高興的當然是空金，因為他有一個當代表的老婆，是否他的身分也相對地提高？還是只是代表身旁的侍從——一隻令人討厭的哈巴狗。當然外界如此臆測對他來說是不公平的，至少他們是同眠共枕的夫妻，在酒店那段美好的時光，也曾經是革命的伙伴；偶而地，還自告奮勇充當馬伕，把她送到與恩客約會的地方。而且為了娶她，幾乎和矮古伯仔鬧翻臉；為了讓她參選，還把家中的房契地契拿去抵押。僅憑這些，空金相信，春花是沒有理由不尊重他的。

「阿金，我們雖然打贏了這一仗，但往後要面對的問題和瑣事可說多得很。除了定期會、臨時會，替選民解決問題，參加紅白喜事，還要交際應酬，時間可能會不夠用。」有一晚他倆躺在床上，她輕撫著他的臉，柔聲地說。

「代表真會那麼忙嗎？」空金疑惑地問：「不是除了開會外，其他時間都可在家等領錢？」

「天下那有哪麼好的事。」她輕輕地擰了他一下臉。

「其實這些對妳來說都不是問題，開會時，喝喝茶，聽聽人家的報告；選民有事來拜託，隨便應付應付；逢到喜事送份小禮，吃它一頓；碰到喪事送塊白布，鞠鞠躬；交際應酬更難不倒妳，妳的美麗和氣質沒人比得上，妳的酒量和口才齊佳，麻將的功力也不在話下……」

「有完沒完？」春花興奮地又擰了他一下，突然翻起身，用她高挺的雙峰，緊緊地壓在空金的胸上，而後嗲聲嗲氣地說：「下一句呢？」

「床上功夫也是一流的。」空金笑著說。

「三八、三八！」春花嬌聲地笑著，又用手指輕輕地搔著他的腋下。

怕癢的空金緊緊地把她抱住，快速地用舌尖堵住她的嘴。曾經在紅塵中打滾的春花，或許一切都勝過小她二歲的空金，包括微妙的男女關係，以及閨房裡的成人遊戲；外面的花花世界，複雜的人際關係，就不必多說了，這或者就是「某大姊坐金交椅」的典故吧。

「坦白說，我做夢也沒有想到妳會當選。」當激情過後，當春宵的高溫冷卻時，空金輕握春花的手，幽幽地說。

「這世界想不到的事情多著呢，」春花望著幽暗的天花板，「一個曾經為了生活，為了錢，在社會的黑暗處求生存的酒女，她竟能成為人人羨慕的民意代表，讓她擠身在上流的社會裡。曾幾何時，因家庭的驟變，因少女時的無知，被一隻惡魔所蹂躪，讓她走上紅塵的不歸路。因而她沉淪、她墜落，為了幾文小費，雙乳被魔手揉搓得又紅又腫。老酒鬼、老色魔，在她的體膚上下其手，被抓得傷痕累累。一次一次地讓客人帶出場，一遍遍做為男人洩慾的工具，是你讓她重生，是你讓她找回尊嚴和顏面，是你給她一顆處男的心，卻從未嫌棄她非完璧之身，也不計較她的從前和過去，這是多麼地難能可貴呀！」春花說完後，輕輕地撫著他的臉，一遍遍輕輕的撫摸著。

「春花，依妳的容貌，回到妳的故鄉後，可以找到一個比我更好的男人。我們都知道，這是一個處處充滿著虛偽的世界，人容易被騙，也善於騙人，妳不幸的遭遇，只要編一個動人的故事來博取同情，誰會把『完璧』或『非完璧』寫在自己的臉上。但妳選擇的卻是一個從小被定位在『空』和『戇』的男人，這不知是妳的不幸，抑或是我的幸。」

「是你的幸，還是我的不幸；是你的不幸，還是我的幸，時間總會給我們最好的答案，似乎輪不到我們來操心。再過三天，你就是林春花代表的先生了，是幸？還是不幸？沒有人比我們更清楚。睡吧，夜深了……」

「是的，夜深了……」空金喃喃地說。

5

矮古伯仔肩挑著水肥，手牽著牛，步履蹣跚地往溪埔的番薯田走去。幾十年來，他別無選擇，與這片土地相依為命，翠綠的山林，青蒼的田野，彷彿就是他的家，而孕育他成長的大地又何嘗不是他的母親。人到了老年，內心的空虛與日俱增，惟有來到這片山林，惟有腳踏這片土地，才能領會到生命的真義。

對於春花當選代表，矮古伯仔的內心似乎沒有特別的興奮，唯一牽掛的是什麼時候才能把房契地契拿回來，放回那個生鏽的鐵盒裡，其他，都是次要的。今天春花將在村公所，宴請支持她當選的樁腳，至於席開幾桌？請些什麼人？他不會過問，他永遠遠都不會去過問；也不會去參加，死也不會去參加。因此，他與平常沒有二樣，來到山林野地，呼吸著泥土散發出來的芳香。

空金凡事聽「某嘴」，讓他感到寒心，而春花處處展現出女強人的高姿態，把空金壓得翻不了身，怎能不讓他心寒。尤其春花已當上了民意代表，走的是政治路線，複雜的政治圈，裡面隱藏著許許多多不良的文化，有的求官、有的貪財、有的好酒、有的喜色、有的逢迎、有的拍馬，經過時間的沉澱，政客的獠牙，官員的嘴臉，都會無所遁形地浮現出來。春花將來必也是跟那些政客和官員在互動，空金在她心中的份量或許會更卑微，更渺小，將來會有什麼樣的變化，任誰也不敢預料，這也是矮古伯仔一直感到憂心的。

矮古伯仔捲起了褲管，俯下身，把番薯籐向右移轉，順便拔除籐頭的野草。他的肢體，他的腰，已沒有從前那麼地靈活了，幾趟來回，不得不停下來，伸伸腰，捶捶背；多少次，好心的鄰人都會異口同聲地對他說：

「矮古伯仔，孩子已經長大了，媳婦又是民意代表，不要那麼辛苦啦，該在家享享清福啦！」

他只是微微地笑笑，默默地無言以對，清福二字他消受不起，似牛像馬般的拖磨，才是他人生歲月所必須承受和面對的。因而，他無怨無悔，只要擁有這片土地，他生存的每一個日子，每一個時刻，都是美好的、充實的。況且，人生之路即將走完，西歸的腳步也已啟動，還想與這個世界計較什麼？

他緩緩地步上田埂，走近低頭啃草的老牛身旁，輕輕地拍拍牠的背，輕輕地撫著牠那光亮的體毛，情不自禁地說：

「牛啊，我們的一生是多麼地相似呀！」

老牛抬起頭，嘴嚼青草，牠的靈性是否真與主人的思維相呼應；還是同情主人也遭受與牠相同的命運。牠無語，牠無聲，且讓時光快速地走遠吧，勿留人影向黃昏……。

他燃起一根煙，並沒有燃起一絲希望，白色的煙圈在大地繚繞，希望卻在一瞬間幻滅，人生那有完美的構成，美夢亦難成真，縱然歲月腐蝕了他的身軀，他也將與這片土地共存亡……。

矮古伯仔想著想著，情不自禁地淚雙垂，淚雙垂……

6

宣誓就職的那天，春花穿了一套粉紅色的洋裝，白色的高跟鞋，飄逸的長髮披肩，淡淡的妝扮，白皙的皮膚，呈現在眾人面前的是成熟的少婦之美。而她那高貴的氣質、迷人的丰采，隨即引起一陣騷動。無論是公所的官員，新舊代表，莫不豎起拇指稱讚她的美麗。當然，批評的聲浪也不斷，她的身分，她的夫婿，更是眾家討論的焦點，因為美麗本身是一種錯誤和罪過。對於一些耳語，春花絲毫不介意，她從不否認自己出身在酒店，在酒店上班的那段時光，為了生活，為了錢，她學會了修飾和包裝，把醜的化成美，用美麗的謊言博取客人的歡心，把虛偽的外衣加以粉彩，露出二顆男人最愛的小豆豆，用色來迷惑男人，用色來換取金錢，把自己包裝成一個神聖不可欺的「在室女」。今天，沒人能折穿她的假面，她的代表身分如假包換，亮麗的外表、高尚的氣質、入時的服飾、一流的口才，又有誰能與她相媲美？雖然她的先生有一點「戇直」，但卻是一個正常的男人，他能滿足她一切的需求，更重要的是給她一顆彌足珍貴的處男心，對她更是百依百順，體貼有加，如此的丈夫，她還有什麼苛求的呢？或許，唯一的缺點是在將來的交際應酬上，她已是一個有身分的政治人物，得體的外表讓她很自豪，流行的服飾更凸顯出她的端莊婉約，美麗大方。而空金穿著隨便，不修邊幅，不善言詞，一旦出現在同一個場合，對她來說，顯然是負面的。關於這一點，她也曾經思考過，屆時必定是她主外，他主內，單飛遠勝雙人行吧，相信他會理解的。

　　簡單隆重的就職典禮很快就結束了，新舊代表、公所官員，相互地自我介紹一番。新科代表林春花更是落落大方地和每一位握手。她的手纖細柔軟，多少男生如觸電般地緊握不放，握過的女生也引以為榮，誰膽敢當面詢問她的過去，誰不欣羨她的美麗三分。她承認有過去，過去又怎麼樣？君不見外國的妓女照樣當選國會議員，她的恩客無數，誰能再嫖她？誰敢輕視她？又有誰比她更瞭解這個醜陋的社會，她問政態度嚴謹，改革聲浪不斷，提出的問題針針見血，無論是執政黨、在野黨無不敬畏她三分。春花的思維一旦進入這個議題，她的心靈深處，總會掠過一絲甜蜜的微笑——「英雄不怕出身低」這句俗語，或許是她最好的寫照。

這幾年來她看穿了社會百態，尤其是萬物之靈的人類，凌駕女人之上的男人，一旦黃湯下肚，醜態必百出。根據她的觀察和瞭解，許多為民表率的公務人員，在交際應酬黃湯下肚後，又會三五成群偷偷地上酒店，美其名為續攤，實際上是醉翁之意不在酒，展露出來的是一副令人厭惡的豬哥相。這些年來，春花看多了，她也曾經是身歷其境的過來人，說不定在公務機關裡，還有她的老恩客呢。她永遠不會忘記，在酒店的包廂裡，當房門一關，一些猴急的男人，總是一把把她們強拉過去，坐在他們的大腿上，而後什麼「齣頭」都來了，既摸又揉、既捏又搓，由上而下、從左到右，除非她們激烈地反抗，要不，那雙骯髒的手，永遠不會離開她們的身軀。給幾文小費，也是把紙鈔揉成一團，連手一起塞進她們的奶罩裡，有時還心存不軌，企圖塞進她們的短裙內。要不，就是把她們灌得酩酊大醉，趁著她們神智不清，毫無反抗之力，就有吃不完的豆腐吧！

春花想到此，咬牙切齒，血脈賁張，恨透了所有的男人，尤其是少數不肖的公職人員，竟與女公關博起了感情，家庭糾紛層出不窮，而政風單位卻視若未睹，任由他們、放縱他們，製造更多的紛爭，鬧出更多的家庭革命。這些不要臉的男人，總有一天會死在我林春花的手上！

第一個會期在緊鑼密鼓中開議了。面對一大疊會議資料，以及一本幾十頁的預算書，春花看傻了眼，書到用時方恨少這句話很快地在她腦裡盤旋著，尤其是那本密密麻麻的預算書，更讓她頭大。貸方、借方、科目、餘額這些專業名詞讓她看得「霧煞煞」，然而她依然鎮定地，拿起紅筆，若有其事地逐頁翻閱，口中則隨著阿拉伯數字默唸著：個、十、百、千、萬、十萬、百萬，從第一頁到最後一頁，依然是有看沒有懂。終於，她發現有一筆以「公關費」為名目的款項，編列的金額每月一萬二千元，全年為十四萬四千元。對於公關這二個字她太熟悉了，因為她曾經做過公關小姐，毋寧說是一個陪侍的酒女還貼切，只是人們喜歡賦於她們一個美麗的名詞吧！

終於輪到她質詢了，對象是編列預算的主計部門。

春花站起身，左手拿著預算書，右手拿著筆，她的架式與美麗，老主計提提老花眼鏡也想多看她一眼，而且暗中自責，以前為什麼從不到酒店，也錯失一個點她來坐檯的機會，如果能由她陪著喝二杯，不知有多過癮。看看她那美麗的架式，看看她那端莊婉約的氣質和風采，老主計的心有點兒怦怦跳。

「一個月一萬二千塊的公關費怎麼用？怎麼報銷？主計部門給我講清楚、說明白！」春花咬字清晰，口齒伶俐。然而，她的神情是嚴肅的、認真的，讓人有一種神聖不可欺的感覺。

「公關費是援例編列的，它的用途在摘要欄裡以及備考欄裡都有詳細的說明。」老主計老神在在，不慌不忙地說。

「怎麼報銷的？」春花提高了聲音。

「實報實銷。」

「到酒店找女公關坐檯、陪酒、唱歌可以核銷嗎？」

「不可以。」

「為什麼不可以？」

「因為它是不當場所。」

「不當場所？」春花重複他的語氣，「你到過酒店沒有？」

「沒有。」

「既然沒有到過，怎麼知道它是不當場所？」春花有點激動。

「聽說裡面暗藏春色。」老主計的臉色有些凝重。

「聽說聽說，聽誰說的！」春花猛力地拍了一下桌子，疾聲地問。

「林代表是過來人，應該比我更清楚！」老主計不甘示弱地，尖聲回答。

「什麼？」春花又猛力地拍了一下桌子，茶水由紙杯裡濺了出來，雖然不否認自己是過來人，但也由不得他來揭穿她的瘡疤，更不能忍受他的羞辱。於是一股無名火燒上心頭，她順手抓起杯子，猛力地往他身上一擲，濺了他一身水，而後又疾聲厲色地指著他，「你說什麼，你說什麼！」

會議廳裡頓時鴉雀無聲，官員和代表都被這突來的狀況，嚇得目瞪口呆，不知所措。

春花依然不放過他，尖聲咆哮怒目相對。猛而地又抓起桌上的資料用力一擲，雖然不痛不癢，卻把資料散落一地。其他代表見狀，紛紛站起來安撫她、勸她，官員則認錯來道歉，再三地認錯和道歉，也正式領教這個「恰查某」的厲害。

是時勢造英雄，抑或是春花有她的一套，誰也料想不到，是誰把她塑造成一個強勢的女代表？或許是這個腐化的社會吧。儘管她學歷低，出身卑微，然而，她的美麗勝過一切，她綿密的思維，有條不紊的問政風格，讓不肖的官員一個個灰頭土臉，讓同事一個個刮目相待。而學歷高、出身好，是否能斷定他就是一位成功的民意代表？這是一個值得思考的問題。

7

政治人物與家庭主婦，這兩個微妙的角色，是很難兼顧的。尤其是在政壇上活躍的女性，更無暇顧及家中的大小瑣事，春花正是如此。她經常地早出晚歸，是交際應酬？抑或是為民服務？空金是一無所知，也因此，家務全由他來打理。家中的一切費用均仰賴春花每月領取的各項津貼，以及矮古伯仔的農作收成，他也正式成為無業的「家庭煮夫」，以及矮古伯仔心中「無三潲路用」的懦夫。久而久之，春花似乎也瞧不起這種男人，經常有意無意地奚落他、疏離他，竟連最親密的夫妻關係，也逐漸地減溫。每每，當空金的慾火燃燒到沸點，有意親近時，大他二歲的春花卻是性趣缺缺，不是太累，就是太疲倦；不是酒喝多了，就是想睡覺，用一大堆的理由來搪塞，用美麗的謊言來矇騙自己的夫婿。而正值青春年華的她，是否因參政而得了冷感症？還是內心隱藏著不可告人的秘密？戇直的空金，對她的行為舉止，是否曾經有過合理的懷疑？還是相信她滿口美麗的謊言？一切，一切答案都在春花的內心裡，只是不知何年何日，才能讓空金把它揭開，才能把它攤在陽光下，接受親友們的檢驗。倘若呈現陽性反應，空金定難承受這份事實。而矮古伯仔呢，是否會暗中罵道：「狗改不了吃屎」，還是會對「娶婊來做某，卡好娶某去做婊」這句話心存疑惑？總而言之，一切都必須面對，真的假不了，假的真不了，這是一句多麼貼切的話！

春花又開始吸煙了，結婚前好不容易才改掉的煙癮，又死灰復燃。煙，一旦吸上幾口，可提神解憂；煙，是交際應酬必備的囊中物，多少人喜歡它，多少人上了癮，一支在手樂趣無窮，吸上一口快樂如神仙，春花是否因此又吸上了？空金是否也要跟進？這世界時時刻刻都充滿著變化，但卻只有一個變數，好的容易變壞，壞的不容易變好，這也是永恆不變的定律。然而，春花何止只吸吸煙，在交際應酬過後，在幾杯黃湯下肚後，竟然也打起了麻將，通常一打就是通宵。對於家她已無心、也無力來照顧；對於選民的請託，也只是虛假地應付應付。在會議期間也只提一些無關痛癢的案件，不再看緊人民的荷包，任由浮編的預算件件過關，重大的工程，非但不把關卻故意放水。她的格調、她的問政態度，已做了一百八十度的大轉彎，不肖的官員稱讚她上道，代表會某些同仁說她瘋了，而她是否真瘋呢？還是俗稱的「假肖」？然而，不管她真瘋或假肖，時間是最好的答案。

8

出乎矮古伯仔預料之外，春花已把貸款悉數還清，房契地契也一併交還給他保管。至於錢從何處來，他似乎沒有知的權利，而他的內心裡，始終有一個解不開的謎題，一個小小的民意代表，果真有那麼大的權力；果真有那麼優厚的待遇？難怪有那麼多人要投入選舉，難怪有那麼多人不擇手段要求取勝選，難怪有那麼多人把選舉視同是一種投資，因為它有利可圖，因為它獲利的比例高，真正為民服務者、為民喉舌者，又有幾人？

矮古伯仔小心翼翼地把房契地契放進鐵盒裡，而後長嘆了一口氣，也鬆了一口氣。他目視著供桌上的列祖列宗，也祈求著祂們的保佑。

「阿爸，」空金緩緩地跨進大廳的門檻，「從春花當選到今天，只有短短的二年，我們已經把所有的貸款還清，這一下你可以放心了吧！」

「阿金仔，雖然我們家世代務農，我書讀得也不多，又沒出過遠門，對外面的花花世界，對這個現實的社會不太瞭解，但我一直堅信『君子愛財，取之有道』這句話，來路不明的錢絕對不能取。」矮古伯仔心有疑慮地開導他。

「阿爸，這點你儘管放心。春花的錢絕對不是搶來的、或偷來的，很多廠商為了搶標工程，為了能順利地通過驗收，都會用錢來打通關節，它不是庸俗的紅包，而是政治獻金，春花因為交遊廣、人緣好，在會裡影響力大，許多商家都自願來捐獻。」空金得意地說。

「政治獻金？」矮古伯仔心一怔，他活了這把年紀，從來就沒有聽過政治獻金這個名詞。

「你不懂啦！」空金不屑地冷笑了一聲，「這些都不用你來管，春花她自有分寸。」

矮古伯仔不再說什麼，無神的眼力停留在供桌上的神主牌位，他不再祈求老祖宗的保佑，一切功過都必須自己來承擔。

「阿爸，」空金走近他身旁，低聲地說：「春花麻將牌藝高，加上一些商人和官員為了要討好她，有時故意放放水，簡直十打九贏。家中的日常支出，靠的是她打麻將贏來的錢。現在我們非但沒負債，而且銀行還有存款呢。」

「她經常晚上不回家，在外面做些什麼事，你可知道？」矮古伯仔憂心地問。

「阿爸，這點你放心啦，一位民意代表在外面打打牌、喝喝酒、交際應酬，沒有什麼大驚小怪的。」空金不在乎地說。

「對春花，你瞭解的比我還多。一位政治人物，廉潔的操守、高尚的品德，比金錢更重要。雖然我是一個大字識不了幾個的老農夫，這點道理我還懂。」

「放心啦，阿爸，春花她不會亂來的。」空金鐵定地說。

「只要你瞭解她、信任她就好。」矮古伯仔冷冷地，突然若有所思地說：「你也該找點事做，不要每天東逛西逛的。」

「春花說過，她主外，我主內；家裡沒人煮飯洗衣也不行。」空金得意地，「反正現在也不缺錢。」

矮古伯仔搖搖頭，深深地嘆了一口氣，緩緩地走出大廳，看看被烏雲遮掩住的陽光，為什麼在短暫的一剎那，竟失去了光芒。

9

人一旦有錢，生活必定腐化；人一旦有勢，必定不甘寂寞，男女並沒有什麼差異。男人是公然上酒店，女人是暗中找牛郎，在這個社會似乎已成一種風尚。雖然這方小小的島嶼與大城市有些差距，但男女的心態卻相同，亂搞男女關係與上酒店找牛郎又有何差別？春花不安於室的傳聞不斷，她竟然與一位大她十幾歲的某單位主管打得火熱，起初只是單純的打牌吃飯，以乾哥乾妹相稱，然而一個是有夫之婦，一個是有婦之夫，是什麼因素讓他們併出愛的火花，是什麼因素能讓他們日久生情，這涉及到一個人的品德和操守，絕對不是浪漫的情調。

「我說乾妹啊，」他們併肩坐在一張長沙發上，馬哥的手輕搭在她的肩膀，「以妳的美貌，以妳在政治圈的地位，以妳現在的經濟狀況，坦白說妳們夫妻似乎不太相配。」

「我們一路走過來，我實在不忍心傷害他；況且我在外面的事，他從不過問，給我一個充分自由的空間。」春花飲了一口酒，坦然地說。

「妳不認為嫁了一個戇直的丈夫，會影響妳的政治前途？」他順手拿起茶几上的酒，飲下好大的一口。

「馬哥，你不認為離婚對一個女人的形象會更壞嗎？」

「只要妳能找到一位官階大、有錢又有社會地位，足可與妳相匹配的男人，相信會獲得許多人的認同。」他說著、說著，竟把春花摟得緊緊的。

春花非但沒有抗拒，手還環過他的腰，頭也埋在他的懷裡；他猶如一隻餓狼，但也懂得撲羊時的前奏。他的手不停地在她的身上遊移，輕輕地、柔情地，一遍遍，一遍遍不停的撫摸著、揉搓著。他是情聖、是老千，對春花來說已不重要，只感受到內心有無比的舒暢和快感，這也是空金永遠不能給她的。猛而地，他的手已伸入她的胸前，用他的拇指與食指輕輕地蠕動著她的乳頭，輕輕地蠕動、輕輕地蠕動；彷彿是一條蟲，讓她無法忍受的一條煽情的小蟲蟲。她已不能再忍受，他何嘗不是也如此，女主人遠遊的臥室，竟成了他們的溫床。她雖然曾經被恩客帶出場，空金也能滿足她的需求，但、但、但、但從來就沒有享受過如此的激情和快感。是他的溫柔體貼、是他的甜言蜜語；還是他有獨特的、深厚的、奇異的男性魅力？讓她如癡如醉，如神如仙，如一江春水向東流，流盡了她的一切，流盡了她生命中，一泓無恥的春水……

馬哥是一個有妻無後的荐任官，他風度翩翩好漁色，風流韻事一籮筐，多少次因桃色案件被糾正和處分，可憐姿色不再的黃臉婆，任由他在外拈花惹草，任由他與不同的女人糾纏。是的，他有錢，又有勢，中年男性散發的魅力更是銳不可擋。春花是誤上賊船，還是禁不起他的誘惑，抑或是與他在一起，才能凸顯出自己的身分和地位？

「坦白說，春花，我家有黃臉婆，妳家有傻老公，怎能與我倆的身分地位相匹配，如果我們能在一起，才是最合適的一對。」當激情過後，當他們赤裸著身子，只蓋著一條薄薄的被單時，他真情地說。「馬哥，在我人生的旅途裡，想不到會有今天，想不到你會給我那麼貼切的真情告白。我家的傻老公很好對付，你家的黃臉婆呢？你捨得休了她，你捨得離開她？」春花聲音柔柔地，是動了真情？還是激情過後的夢囈？

「對這個家，我既厭又煩。對她，我提不起一點點性趣。春花，只要妳願意，我絕對跟進。今天雖然是我們相識以來最激情的一次，但我們都從其中得到快樂，得到滿足，相信以後也會如此的。」他頓了一下，而後又說：「或許我的年紀大了一點，但我的生理和心理卻沒老化；是生龍、是活虎，春花，只有妳才能深深地體會到。」

「不，你不老。」春花嬌聲地說：「你不僅有活力，也有魅力，更懂得情趣；只有和你在一起，才能讓我體會到幸福、美滿、快樂的滋味。」

「這就叫人生，這就是美麗的人生歲月。春花，但願我們能珍惜它；能擁有它。」

「馬哥，我會的；我會珍惜這段屬於我倆的人生歲月。」

他們又緊緊地擁抱在一起，性慾的火花雖已熄滅，現實的問題卻浮現在眼前，往後的歲月是一團糾纏不清的結，還是激情過後的歡怡？他們既期待，又怕受傷害。

10

春花和馬哥公然地出雙入對，在這個小島嶼已不是新聞。

眾人的批評和譏諷，對他們來說已習以為常。綠帽罩頂的空金，更是敢怒不敢言，任由這對狗男女，在法外逍遙。當然，偶而地她會回來安撫安撫他，也會帶些菜餚回來孝敬孝敬矮古伯仔，儘管矮古伯仔不領情，但依然期盼春花有回心轉意的一天。如果真離了婚，受傷害的必定是空金，以他的條件，想另結一門親事，談何容易；惟一的，只能睜一眼、閉一眼，靜觀事情的變化，其他還有什麼好的對策呢？

出乎預料地，春花在會期結束後，並沒有像往日般地東逛西逛，在外逗留，而是在家整理房舍，灑掃庭院，煮飯洗衣，把一個家庭主婦的角色，發揮得淋漓盡致；空金喜悅的形色不在話下，矮古伯仔更是眉開眼笑。

「祖宗有靈，祖宗有靈。」矮古伯仔雙手合掌，在祖先的神龕前，喃喃地唸著。腦裡也不停地反覆思考，只要她回來，不要讓這個家庭破碎支離，其他又有什麼好計較的呢？用「浪子回頭金不換」這句話來譬喻春花，或許不太恰當，或許言之過早，但他的內心裡，總會掠過一絲喜悅的微笑，只因為春花已經回來了；而回來是否能斷定她不再離去？矮古伯仔嘆了一口氣，隨即湧上一陣輕愁。

「阿爸，」晚飯後，春花泡了一壺茶，三人同在大廳裡喝著，春花突然興奮地告訴矮古伯仔說：「我決定和朋友合夥開營造公司，相信以我的代表身分會標到很多工程的，將來一旦公司成立，也可以替阿金安排一份工作。」

「開公司？」矮古伯仔訝異地，「那要很多錢的。」

「阿爸，你是知道的，這幾年來我已經賺了不少，如果當初沒有投資，那會有今天。」春花信心滿滿地，「我們決定投資三百萬，約佔總金額的一半。」

「妳有那麼多錢？」矮古伯仔站了起來，緊張地問。

「還差一百多萬。」春花輕鬆地說。

「一百多萬不是小數目呀！到那裡去拿呢？」

「阿爸，你先不要緊張，」春花笑著說：「我們還是老樣子，老辦法，把房契、地契，拿到銀行辦理抵押貸款。」

矮古伯仔黝黑多皺的臉，此時此刻多了一層鐵青，久久說不出一句話。他萬萬沒有想到，春花又會動起它的腦筋，雖然上一次很快就還清，而這一次、這一次呢？矮古伯仔的心情已跌進了深淵谷底。

「阿爸，你不要怕，包工程是絕對有利可圖的。」春花舉起手，嚴肅地說：「我保證，半年之內一定還清！」

「它又能貸多少呢？」矮古伯仔目無表情，燃起一根煙，微嘆了一口氣，聲音低低地說。

「這點你放心，」春花信心十足地說：「上一次貸那麼一點錢，還要向他們拜託，說好話。這一次可就不一樣了，憑我林春花這三個字，貸個一、二百萬不會有問題的；銀行經理想不賣帳也難。搞不好，叫他下台！」

矮古伯仔不再說什麼，一旁的空金也插不上嘴。一個小小的民意代表，果真有那麼大的權利？父子倆都百思不解。然而，事實已擺在眼前，相信她能做到，一定能做到，什麼事都能做到！矮古伯仔低落的心情，依然在深淵谷底……。

11

春花取走了矮古伯仔的房契、地契、身分證、私章後，又是好幾天沒有回來了。人在何方，她自己知道；做些什麼，她自己清楚。是否為籌組公司而忙，還是與馬哥綣纏纏綿在一起？空金似乎不在意，也從來沒想過，有一天春花會離他而去，投入另一個男人的懷抱。

春花和誰合夥開公司呢，當然是馬哥。以他們一位是高官、一位是民代的絕配和組合，一旦公司成立，將是一匹銳不可擋的黑馬；倘若標不到大工程，也可等著「搓圓仔湯」，多少吃點「紅」，這是春花和馬哥早就盤算過的，也是他們心想發財的一步棋。試問，檯面上多少民代不是靠包工程起家的？偷點工、減點料、畫畫虎爛，驗收人員屁都不敢放，主計人員膽敢不撥款。當然，這只是春花和馬哥的如意算盤，萬一失了靈，巨額的投資是否會因此而泡湯，下一任的競選經費將從何處來，矮古伯仔的房契、地契，是否能依約還清貸款取回來？雖然春花此刻正徜徉在馬哥溫馨的懷抱裡，一旦想起這些煩心的事，馬哥超強的性慾，也會被她此時的冷感所軟化。

「馬哥，別摸來摸去，東摸西摸好不好。」只要她倆在一起，他的手已習慣性地在她的身上摸索著，春花有點兒煩，用力地把他的手甩開，重重地說：「一副豬哥相！」

「妳今天怎麼了，吃錯藥啦！」馬哥柔情地，輕撫著她那長長的秀髮，「什麼事讓妳不高興啦？」

「說真的馬哥，雖然籌設公司的進展很順利，但我實在很擔心，萬一將來的營業狀況，不如我們想像的那麼好，獲利也沒有我們想像的那麼高，到時候要怎麼辦？」春花心有疑慮地說。

「不要窮緊張好不好，」馬哥依然輕撫著她的秀髮，而後俯在她的耳旁，低聲柔情地說：「一切有我，一切有我；就算賠光光，我還有房子和退休金呀！」

春花有了他的保證，總算鬆了一口氣，剛才的冷感也化成了熱情。馬哥見狀，喜出望外，心想那能失去這個機會，於是雙手在她的敏感地帶，輕輕地按摩著；由上而下，輕輕地按摩著，按摩著……。而春花像極了一頭溫柔的小綿羊，任由他，任由他用豬哥的猴犽來啃食。於是，她的肉被吃光了，她的血被吸乾了，竟連骨頭也不放過，這是一幅多麼慘忍的景象啊！然而，春花樂於此、甘於此，空金的影像在她內心裡已渺茫。而矮古伯仔呢，或許在她心中只是一個老鬼。過些時日，她將是公司的董事長兼總經理，又是人人羨慕的民意代表；是官夫人，又是馬太太，怎不叫她心花怒放呢。馬哥真的會和他太太離婚再和她結婚？為什麼她一直沒有思考過這個問題，畢竟他們是一對近三十年的老夫妻，曾經也讓他快樂過、滿足過；現在老了，也變醜了，年輕時甜如蜜的潮水也乾涸了，當然他會提不起性趣。而這隻老豬哥會用什麼手段來對付她呢，是真愛她，還是貪圖她年輕貌美的姿色，讓他性趣高昂，讓他如魚得水般地達到他的慾望。

想多了或許對她沒有好處，依她對馬哥的觀察，似乎看不出他有一點兒虛情假意。唯一讓她訝異的，是一個五十餘歲的男人，竟然對性的需求是那麼地強烈；足可見他的身體是強壯的、是健康的，雖然大她十餘歲，但卻能在他身上聞到一股成熟的男人味，這點也是在小她二歲的空金身上找不到的。因而，她非常地珍惜，只要能與他廝守終身，此生也無憾，外面的一些風言風語，她永遠不會去計較。對空金一家，她只有包容、沒有虧欠，當初因為職業使然，不得不做如此的選擇。憑空金那副模樣，憑矮古伯仔的家境，想當年也是紅牌酒女的林春花，怎麼會看對眼。今天，她已找到更好、更合適的對象，為了將來的幸福，為了無可限量的政治前途，她不得不割捨這段婚姻，不得不選擇離婚這個步驟。傷害一個男人，就猶如男人傷害她一樣，這個世界，沒有什麼不公平的！

12

「馬林營造公司」在緊鑼密鼓中終於成立了，公司是以馬哥和林春花的姓氏來命名。那天冠蓋雲集，花圈花籃擺滿一地，祝賀的聲浪不斷，所有的貴賓無人不知，公司是馬林的組合；當然也是衝著他們來的。只是馬哥具有公務員的身分，不便站在台前，一切業務均由春花親自處理，也實踐了對矮古伯仔的承諾，安排空金在公司打雜。

空金真的那麼戇嗎？倒也不見得，他始終以春花為榮，以能娶到一位貌美又能幹的老婆為傲，外面的風聲雨聲他聽多了，她只不過是和單一的馬哥在一起，比起以前在酒店，朝三暮四地讓客人帶出場，簡直好多了。春花的來歷他清楚，美麗的女人總是不甘寂寞的，能幹的女人總是較活躍的，如果當初沒娶到春花，他現在依然是王老五一個。因而，他從春花身上得到快樂，也從春花身上體會到人生的樂趣；當然，有不少男人享受過與他相同的待遇，但他們必須用金錢來換取，有時還得看春花的臉色和意願。在結婚的初期，春花從未拒絕過他的要求，偶而的，還傳授他一些技巧和經驗，讓他真正享受到娶某大姊，坐金交椅的神仙樂趣。

他知道，春花是一個愛面子的女人，現在更是冠冕加身，有他這個不起眼的丈夫，或許對她的社會地位和政治前途是負面的。因此，凡事他很低調，讓自己生活在一個黑暗的角落裡，任由春花的差遣、任由馬哥的奚落、任由世人對他的歧視，只因為他是現實社會裡，一個微不足道的小角色。他與春花的兩顆心也逐漸地疏遠了，成了有名無實的夫妻，竟連想重溫一次舊夢也是奢望，其他更別提了。然而，他無怨也無恨，輕易得到的幸福，也會輕易地失去，這是不變的定律，唯一的希望是春花能回心轉意，洗淨鉛華，回復舊有的時光，做一個賢妻良母。但這似乎是不可能的了，她已陷入政治的旋渦而不能自拔，她已被虛偽的名利迷惑而不自知，可憐的人類啊，他從心底不停地吶喊著……。

「阿金，」有一天，他為她擦好了桌子，端上茶，她突然地叫住了他，「我們已相處不少年了，人是有感情的，我也不願傷害你，但依目前的處境來說，的確我們是不適合在一起的。你知道，我有我的事業和政治前途，我實在不願意讓一個與我不相配的男人來牽絆我一生，離婚一途是我們必須面對的。」

「離婚？」空金心裡一怔：「春花，我自己也感到配不上妳，但我卻不希望離婚。我知道妳愛馬哥，馬哥也深愛著妳，妳們的戀情已是公開的秘密、妳們的姦情也不是新聞、妳親手為我戴上一頂簇新的綠帽子，我忍受別人的譏笑。妳嫌我戇，我承認。妳嫌我沒出息，我承認。妳嫌我不夠浪漫，我承認。妳嫌我不懂得調情，我承認。妳嫌我沒讓妳達到過高潮，我否認。想當年，妳不是誇我是猛男嗎，怎麼那麼快就給忘了。」

「下流，下流！怎麼說這種下三流話。」春花氣憤地說：「我現在是主流民代、是社會人士、是公司董事長，不要拿『想當年』那一套來壓我！」

「春花，妳有沒有想過，妳今年才三十幾歲，馬哥已五十多。妳四十正青春，馬哥六十已不中用。如果不離婚，妳隨時可以回到我身邊，我不在乎現在，我期盼將來。」

「肉麻，肉麻！」春花依然生氣地：「將來不必你操心，我要的是現在！」

「林春花，」空金鐵青著臉，指著她說：「妳不要欺人太甚，當初如果不是我不嫌棄妳這個人人插的破香爐，妳能有今天？妳能有現在？要不是我爸的房地契，讓妳去抵押貸款來買票，妳能當上代表？妳能開公司？人要懂得感恩，方為人，如果連這點粗淺的道理都不懂，與我這個草包又有何兩樣！」

「少跟我來這套，憑你空金也想來訓我，早得很！」春花疾聲地，「沒有用的男人，有種明天就簽字離婚！」

「別用離婚來恫嚇我，我承認自己沒有用，但如果不敢簽字離婚，跟妳姓林！」空金說完，猛力地拍了一下桌子，又「呸」的一聲把口水吐在春花的臉上，而後轉頭就走。

春花被這突來的舉動嚇呆了，從認識到結婚，空金都是溫溫存存的。今天他所受的刺激一定很深、很大；但這是遲早必須面對的問題，早一點解決，反而更好，對她的政治前途絕對是有幫助的，她將是名符其實的馬太太，馬哥在官場上的資源，以及豐沛的人脈關係，相信很快就會轉移到她的身上。如此的安排，似乎是命中注定，她何樂而不為呢？離婚，離婚，絕對沒什麼好猶豫的。況且，她馬上就能與馬哥廝守在一起，雖然馬哥與他太太尚未正式辦理離婚手續，但她一直深信，馬哥是愛她的，暫時做他的如夫人，也比空金強上幾倍。就憑空金那副模樣，一旦離了婚，休想有二度梅！或許，要伴矮古伯仔渡餘生了。

13

空金與春花正式離婚了。

矮古伯仔沒有怨言，反而慶幸失去了媳婦，找回了兒子。唯一牽掛的是還沒把房地契拿回來，雖然春花立下保證書，一年之內一定歸還，但一年何其長啊，萬一有什麼變卦，他將如何面對供桌上的列祖列宗。

雖然他曾經說過：娶婊來做某，卡好娶某去做婊，但隨即被狗改不了吃屎這句話給推翻。當初他何曾沒有想過，以春花那種貨色，怎麼會甘於寂寞，嫁給阿金這個戇小子。他們家無產無業，以農為生，阿金又沒有一技之長，或許她貪圖的是一個戇厚的在室男吧。

離婚後，空金並沒有被不幸的婚姻所擊倒。雖然曾經與春花過了一段甜蜜的日子，但自從她認識那個姓馬的之後，她的心和肉體幾乎都被他所佔有，只不過是偶而地，回來安慰安慰他幾句而已。以前的甜如蜜不見了，壯年男子急欲發洩的性慾也不得其門而入，這與無家眷的王老五又有什麼差別。

矮古伯仔也深知他的苦楚，從未對他說過一句重話。倒是空金，彷彿變成了另外一個人，每天跟著矮古伯仔上山，分擔了矮古伯仔大部份的耕作，讓矮古伯仔有一個喘息的機會。

「阿爸，你到田埂上休息，剩下的我來拔。」空金手中握住一把花生籐，不停地鬆動著纏在花生殼上的泥土，對著一旁的矮古伯仔說。

「托老天的福，今年雨水足，又沒有蟲害，花生結實纍纍，辛苦總算有了代價。」矮古伯仔取下箬笠，在面前輕輕地搧著：「我不累，天氣實在太熱了，拔完好回家，這些日子來也辛苦你了。」

「阿爸，你不要這樣講，以前我不懂事，是你父兼母職把我拉拔長大，還處處讓你煩心，我虧欠你的實在太多了。」空金用衣袖擦擦額上的汗水，極端感性地說：「到現在我還不明白，為什麼會被一位酒女迷得昏頭轉向而不自知，原以為結婚後她會改變，為我們家生兒育女，勤儉持家，做一個賢妻良母，但是我的想法太幼稚了，雖然想用忍來挽救這段婚姻，不惜讓綠帽加頂、讓人恥笑，但依然是徒勞無功，走上離婚這條路。我的所作所為，讓你顏面盡失；阿爸，我實在對不起你！」

「孩子，過去的就讓它過去吧，對父母永遠不必說抱歉，所有的過錯，就由生你、育你的父母來承擔吧。你的人生路既遠又長，只要你能擺脫這段不幸的婚姻陰影，認清這個世界，認清這個社會，認清醜陋又險惡的人心，奮發圖強，你會重新站起來的。」

「阿爸，我會的；我會永遠記住這個教訓。」

「雖然先人只為我們留下這幾畝旱田，以及一間老舊的古厝，但卻是我們賴以維生的根。孩子，有根就有本，只要勤勞與安份，守住這片土地，守住根和本，天無絕人之路！」

空金默默地點點頭，矮古伯仔的每一句話，都深深地激動著他的心靈。雖然他所受的教育有限，但他能理解、也能接受矮古伯仔對他的期勉和教誨。

回到家，空金除了料理三餐，整理家務，竟連矮古伯仔的衣服也由他來洗滌，把以前服侍春花的那套本領，轉而來服侍矮古伯仔。坦白說，服侍春花是為了討好她，為了要維持一段即將變調的婚姻；服侍矮古伯仔是善盡孝道，也是為人子女所必須遵循的。以前被虛偽的愛矇蔽，此時此刻能即時回頭，尚不晚矣。想到這裡，空金不免會心地一笑，如果繼續沉淪下去，他怎能稱人呢？或許，連豬狗都不如。

村人對他們父子也有了新的評價，忠厚誠實是他們的標誌，勤勞勤儉是他們的美德，沒人敢再以異樣的眼光來看待他們，相信春花那個歹查某會得到報應。四年的任期很快就會到，這個「破查某」一定會尋求連任，村人已放出了風聲，錢照拿，票投給別人，讓她落選，讓她重回酒店陪酒去，以懲處這個不要臉的女人。

14

春花雖已辦好離婚手續，但馬哥卻是一拖再拖。反正春花已是他的人了，為什麼還要給相處近三十年的老伴，造成那麼大的傷害。況且，老伴對他與春花的交往，都是睜一眼、閉一眼地讓他安心。他又是這個島嶼上，一個單位的主管，在政府的文官體系中，是中級公務員。一旦離婚，再與一個離過婚的酒女結婚，那將成何體統？春花已是單身，和她同居在一起，不怕有人來捉姦，更不怕吃上妨害家庭的官司。因而，他選擇腳踏兩條船，享受齊人之福，其他的事，以後再說吧。

「馬哥，為了你，我已經和空金離了婚，而你似乎還沒有動靜。」有一天下班後，馬哥來到春花的租處，一見面，春花就迫不及待地摟住馬哥，嬌嗔地說。

「不要急，不要急。」馬哥雙手環過她的腰，緊緊地把她抱住，而後低下頭，在她的唇上輕輕地吻著。

「我怎麼能不急，你可不能騙我！」

「騙妳？」馬哥反問她說：「我把老太婆擺一邊，夜夜陪妳渡春宵，這叫騙妳？」

「既然沒有騙我，為什麼不快一點跟我結婚，好讓我安心。」

「我們現在不是過得很好、很快樂嗎？為什麼要急於一時。」

「快樂是一時的，你急我不急；結婚是永遠的，我急你不急。對不？」

「春花，不要這麼說嘛。」馬哥深情而低聲地說：「結婚是遲早的事，尤其我們都是二度梅，更應當慎重。」

「該不會看我年輕、漂亮，又是人人羨慕的民意代表，而想玩玩吧。」春花突然說了重話：「如果你心存不軌，我們就等著瞧！」

「春花，」馬哥柔情地輕拍著她的肩，「我是真心愛妳的，妳不要對我心存疑惑。如果我心存不軌，怎麼會把我平生的儲蓄投資在妳的公司裡。況且，選舉很快就要到了，妳不覺得一個單身的女貴族，要比我馬某人的太太還要有賣點嗎？不要忘了，選民的眼睛是雪亮的，當一位漂亮的女候選人，身旁多了一位老頭子陪伴時，他們的內心會起反感，妳的票源會流失的。」

「坦白說，馬哥，我的思維沒有你的細膩，或許是我多慮了。」春花說完，把臉深深地埋在馬哥的胸前。

馬哥扶著她，緩緩地往臥室走去。然而，公務的繁忙，精力的透支，馬哥在春花心中，已不再是一條生龍，更非是活虎，往往是心有餘而力不足的敗將。當馬哥不能滿足她時，春花竟然會想起空金，想起小她二歲的前夫，想起一個憨厚的處男身影，但這畢竟是過去的春夢了。她四十，他六十，這是一個多麼恐怖的差距呀！春花只能思，不能想。馬哥是不敢思，也不敢想。時光是無情的，春花一旦進入虎期，將是馬哥垂頭喪氣的時候，屆時，不知又會是一場什麼式樣的情景。

「馬哥，這種事是不能勉強的。」春花深情地看著他，手不停地在他的臉上輕撫著，「人的精力是有限的，千萬不要求取一時的快樂而失去健康，更要深一層地去體會細水長流這句話。」

「春花，在我五十餘年的人生歲月裡，我自認不是一位道學家，但凡是美的；我懂得欣賞和品味。尤其是從妳身上，我得到前所未有的快樂，妳不但美；也懂得情調，更能深入到男人的內心世界，洞察到男人需要的是什麼。因而，我追求的是現在，不是永恆。」

「馬哥，不要忘了，我們未來的日子還長呢。你要知道，一個成熟的女人，她想要的是一副挺直的男人身軀，不是一隻軟爬爬的病貓，為了我們的將來，你不能不節制。」

「不，春花，我的人生觀與妳不同。現在看到的，是妳美麗的容顏，身躺的是妳柔情、溫馨的懷抱；而以後，以後是在虛無飄渺間，又有誰能知道他的以後呢？」

「是的，馬哥，以後我們都會變老、變醜。人生只不過是短短的幾十年光景，就讓我們好好地來珍惜它吧。」

他們默默地不再說什麼，只是相互地磨蹭著，這就是他們的時光，這就是他們想要珍惜的人生歲月。

15

「馬林營造公司」的營業狀況，並不如預期那麼好，承包幾件大工程都虧損累累，轉包了幾件小工程，獲得的盈利，還不夠公司的日常費用，以及會計與業務員的薪餉錢。春花開始有點兒沮喪，也失去了信心，吸煙、酗酒成了她解愁唯一的辦法；偶而地，再約三五同好，打打麻將，有時八圈，有時通宵。島嶼的一些政客、社會人士、公務人員，十之八九都已認清了她的面目，看穿了她那一套。她強勢無理的質詢和要求，官員已不再妥協，同仁也不再附議，在會議廳裡形同一隻孤鳥，空有一張美麗的面孔又有何用，這是她料想不到的。

「馬哥，你有沒有發現到，這個社會好現實喲，」春花吸了一口煙，隨即吐出一圈圈白茫茫的煙霧，「想當年，老娘一發飆，杯子一擲，資料一甩，那些龜兒子，誰不嚇個半死。」她又吸了一口煙，煙霧從鼻孔中噴出，「他們知道這一屆的任期快滿了，不久又要改選了，竟敢搬出一些鬼法令來壓老娘。」

「坦白說，他們有他們的苦衷。」馬哥想開導她。

「苦衷，什麼苦衷？」春花疾聲地說：「你竟然連一點影響力也沒有，任憑他們跟我唱反調！下一屆若讓我連任成功，不好好修理他們才怪！」

「坦白說，選舉是一件勞民傷財的苦差事，雖然可從其中得到錢與權，但錢怎麼來；就怎麼去，權力亦有用盡時。真正不要錢與權，誠心為選民服務者又有幾人？」

「當初投入選舉，我把它當做是一種投資，當然也從其中得到不少利益，這也是應得的報酬。在當選的初期，的確我也是抱著為民服務的精神，認真問政，為選民解決不少問題。然而，時間久了，應酬多了；服務選民變成應付選民，我也不得不為自己找錢路，替下一屆選舉做準備。」

「對下一屆的選舉妳有沒有信心？」

「坦白說，我的形象已被選民打了折。和空金離婚再和你同居，沒有全心投入會務，為自己的『錢途』奔走，加上經營公司的失敗，經濟的困頓，種種因素使然，勢必難獲選民的認同。唯一的，只有尋求你的奧援，買票。」

「我的經濟狀況妳清楚，所有的儲蓄都投資在妳的公司裡，一個月的薪餉又能為妳買幾張票。」

「用你名下那棟房子去抵押呀！」春花突然想起，「想當年，我也是把老頭子的房地契，拿去抵押貸款，不到二年就還清了。」

馬哥默不作聲，低頭沉思著。

「大男人凡事要果斷，別猶猶豫豫的。」春花有些兒不快。

「空金他們村子，或許還會支持妳吧。」馬哥迴避了她的問題，抬起頭，看看她，淡淡地說。

「今天在你面前說良心話，對他們父子我有虧欠。為了開公司，他家的房地契，迄今仍抵押在銀行。原以為一年半載就可把那筆錢還清，把房地契還給他們，這一下可遙遙無期了。幸好利息還能按時繳納，萬一有一天繳不出利息，讓法院給查封拍賣，我林春花怎麼對得起人家呀！」春花停了一下，繼而地又說：「他們都是老實的鄉下人，只要我林春花厚著臉皮去拜托，相信他們會考慮的。」說完後，直指他說：「你還沒回答我的問題呢？」

「時間還早，到時再說吧。」馬哥輕鬆地回答。

「時間還早？」春花重複著他的語氣，「才剩下那麼幾個月，銀行又不是我們開的，人家內部還要作業，還要到地政所辦理設定。況且，錢一到手，我們還要透過樁腳去活動、去安排。你要搞清楚，買選票與買電影票是不一樣的！」

「好吧，我回家跟老太婆商量商量。」

「什麼？」春花一聲尖叫，「你不是說過要和她離婚嗎，一旦我們結婚，房子不就是我們共同的，為什麼還要跟她商量？」

馬哥搖搖頭，對這個野心勃勃，煙不離手、酒不離口，沒有女人味道的女人，慢慢地有了反感。一生的儲蓄，投資在她那爛公司，鐵定是肉包子打狗，有去無回，如果再把房契讓她去抵押，臨老可能要住山頭了。家裡的老太婆，雖然體弱而不能滿足他的性需求，但她卻有賢妻良母的典型和風範，他怎麼忍心和她離婚，怎能忍心看她孤零零地過一生。況且他在外面所做所為，她是一目了然，而非不知，只想以忍來換取他的回心和轉意，老來有個伴，其他她並不想企求什麼。

馬哥也逐漸地想通了，對春花這種三流貨色的女人，不能博感情，只能玩玩；玩一次算一次，玩一天算一天。而且在金錢方面，絕對不能再投資，過去所花的，所投資的也就算了，以後絕對不能再當凱子，留一點好養老，現在回頭還不晚呀！他的內心湧起一絲笑意。

春花對馬哥閃爍不清的言詞感到失望，這個口是心非的男人，莫非看她年輕漂亮，只想騙騙她、玩玩她，一旦達到目的，就推脫得一乾二淨，把當初的承諾也化成了雲煙，這種男人是多麼地卑鄙無恥呀！於是，她的內心開始有了仇恨。她恨馬哥，她恨所有玩弄過她的男人，竟連曾經以金錢換取她的肉體的恩客們也懷恨在心，男人沒有一個好東西，唯有矮古伯仔和空金除外。

16

春花對人生有極大的改變和看法，對馬哥的為人和操守也打了折扣，她的身體不再專屬於馬哥，她必須為尋求連任做準備，她必須尋覓到一位金主，提供她足夠的資金，不達到目的絕不罷休。想達到目的不擇手段，一切以勝選為考量，其他的顧慮，全是多餘的。然而，想覓得一位理想中的金主，談何容易；從外表上，雖保有民代的身分，但內心裡已是殘花敗柳。中規中矩的人，敬而遠之；不中用的老年人，她看不上眼，遊手好閒、不務正業的年輕人，只想和她玩玩。於是，她不再是為民喉舌的林春花，而是三八阿花。雖然沒人敢正面叫她，但她的美名已在這方小小的島嶼，快速地傳播著、流傳著，想不知道也難，不想聽她的風流韻事更難，對於這些不利於她的傳聞，春花始終把它當耳邊風，不予理會。

處在這個現實的社會中，理想與實際是有很大的差距的。有人追求功名，最後是身敗名裂；有人求取錢財，最後是財盡人亡。春花從風月場所一路走來，歷經許許多多的人事物，看盡社會百態。如果不涉入政治，不淌污濁的政治渾水，洗淨鉛華，與空金過著與世無爭的田園生活，那該多好。而今，家沒有了，財也盡了，空有的虛名，不久即將成為歷史，她是否就此消聲匿跡呢？倒也不盡然，她依然活躍在低俗的政治邊緣，依然活躍在煙酒中，依然活躍在麻將桌上，看看是否能時來運轉，敗部復活，為燦爛的一生，增添一些色彩。

「自摸！」李太太一聲尖叫，把牌一推，眾人的眼睛都集中在她的牌上。她興奮地數著：「莊家、連一、紅中、白板、青發，總共五台，每人一千五。」

「妳看妳看，」春花摸了一張底牌，現出七筒讓大家看：「她自摸，我也自摸，真倒霉！」

一陣吵雜的洗牌聲過後，大家又聚精會神地凝視著桌面。

「碰！」春花剛打出一鳥，王媽媽手一伸，取回來，牌一推，高興地說：「等死妳了。」

「不多不少，小輸一萬五，再輸下去要脫褲子了。」春花付了錢，把煙含在唇上，順手清點口袋裡的現鈔說。

「脫褲子也要有本錢，」王媽媽笑著說：「像我這個又老又醜的垃圾婆，倒貼也沒人要。」

「別把男人想像得那麼高尚，」春花緊接著說：「一旦他們的豬哥性發作，像妳這麼體面的貴大人與我林春花又有什麼差別。或許，對性妳們是守著傳統的婦道，而我是較開放的。『蘿蔔』與『坑』的理論，很多人不瞭解，我卻是它的實踐者。性是女人生活中的一部份，卻是男人生活中的全部，一個健康的男人離不了性，有些女人卻以性來換取金錢。不怕妳們笑，我就是從這條路走過來的女人，妳們也許曾經聽說過，只是不好意思問我詳情，我的坦白或許能換取妳們內心的坦然，別忘了我們是牌友呀！」

大家都默不出聲地聽她講完，洗牌聲響起又沉寂。碰聲連連，嘆聲也連連；胡牌的喜悅，自摸的亢奮，彼此都展現出良好的風度。

「下一屆的代表妳還選不選？」張太太關心地問。

「當然選，」春花果斷地答，「我現在正在籌錢，屆時要靠大家的幫忙。」

「沒問題啦！」她們幾乎異口同聲地說。

「那個姓馬的呢？」王媽媽問：「他不是很有錢嗎？」

「提起那個沒卵泡的馬哥，我就一肚子火。他口口聲聲說要和他太太離婚，跟我結婚，結果是只想玩玩我，騙騙我的感情。妳們說，我林春花會那麼傻嗎，傻到連這種小事也看不出來。」

「他不是和妳合夥開公司嗎？」王媽媽又問。

「錢賠光了，我也被他玩夠了，就此一筆勾消。」春花吸了一口煙，火氣十足地說：「本來想借他的房契來辦貸款，做競選經費，結果他推三阻四的，還要回家跟太太商量，老娘一火，算了！憑我林春花的姿色，籌不到競選經費，笑話！」

「現在的選舉文化，真讓人不敢恭維。」很少說話的黃嫂也出了聲，「聽說選一次要花不少錢，能不能當選還是一個大問題。」

「坦白說，春花在初當選的時候，不管是問政或為民服務，都給我們留下一個深刻的好印象，」張太太略有所感地說：「慢慢地似乎應酬多了，和老公也離婚了，在公私兩忙下，選民想見她一面也難，更別說是為民服務了。」

「張太太所說的我都承認，一切都是姓馬的那個龜孫子害的。」春花氣憤地說：「他天天纏著我，黏著我，甜言蜜語一大堆，我林春花竟那麼幼稚地全信了他。」

「矮古伯仔一家忠厚老實，在村裡從無與人紛爭，人緣很好，妳與空金離婚，說真的，也是一種錯誤的選擇。」王媽媽接著說。

「唉，」春花微嘆了一口氣：「如果時光能倒轉，我寧願再嫁給空金，絕不再涉入政壇，選這個什麼鬼代表。」

「自摸！」黃嫂輕輕地把牌放下，多皺的臉龐難掩喜悅的笑容。

「哇塞，」王媽媽仔細地看了一下牌，驚異地說：「還是大三鮮呢！這一下可卯死了。」

「今天的手氣真背，」春花無神地說：「錢快輸光了，打完這一圈就算了。」

「妳緊張什麼？」張太太笑著說：「還沒讓妳脫褲子呢！」

大家興奮地笑成一團，只有春花是一臉的苦笑。

17

空金獲得農會的補助，買了一部耕耘機，除了把幾塊荒廢的旱田重新開墾外，並獲得鄰人的同意，把附近幾處休耕的農地也一併開墾。然後又雇工開挖深水井，買抽水機引水灌溉，製造堆肥，改良土質，依時序種下許許多多的農作物。雖然他懂得一點農業理論，但並沒有受過實際的專業訓練，僅憑著「要怎麼收穫，就要怎麼栽」的名言，為自己開出一片天地，為自己奠定一個良好的根基。

眼看空金那麼地努力勤奮，農作物也有了收成，矮古伯仔的內心充滿著難以言喻的喜悅。然而，他依然沒得閒，每天跟著上山從旁協助，沒事時坐在田埂上，聞聞這片土地的芳香。然而，最令他難於釋懷的，就是春花迄今還未把房地契拿回來，他已擦淨鐵盒在等待，日日夜夜不停地在等待，雖然只是一張紙，幾行字，但卻是他人生的全部。春花的本質或許是不錯的，但這個社會卻是一個大染缸，如果她能潔身自愛，不受污濁的環境污染，不愛慕虛榮，未嘗不是一個好媳婦，可是一切都晚了，只能在爾後的記憶裡浮動。

矮古伯仔手執牛繩，聚精會神地看著低頭吃草的老牛，農人與牛與土地是不能分開的，缺少任何一方，都將失去它存在的價值，這是不爭的事實。雖然他沒受過正規的教育，亦非理論家，但這點粗淺的道理他懂，並不需要旁人來解說。

天色漸漸晚了，西方最後的一抹彩霞也不見了。空金收拾好農具，矮古伯仔牽著牛，順著蜿蜒的山路，穿過茂密的相思林，一步一腳印，踏踏實實地，往回家的路上走。縱然沿途滿佈籐籮和荊棘，縱然頂上是風霜和雨雪，依然不能動搖他們父子的信心。

「阿爸，你先喝點酒，飯馬上好。」空金為矮古伯仔準備了一點小菜，斟上一杯酒，和顏悅色地說。

「不忙不忙。」矮古伯仔看看他，慈祥的眼光流露出一絲不捨。如果老伴在，如果春花不離去，這個家將是一個甜蜜快樂的小家庭。然而，倒也不盡然，如果春花不走，空金又會是一副什麼模樣，依靠春花？服侍春花？替春花洗衣掃地？讓春花在外胡作非為？讓自己戴上一頂綠色的高帽子？讓自己在村人面前抬不起頭來？讓自己成為一個沒有臉的男人？許許多多的問號在矮古伯仔腦裡盤旋著，幸好空金能及時回頭，搬開他人生旅途上的一塊絆腳石，找回即將失去的自我，開拓一條光明燦爛的人生大道。

矮古伯仔想著想著，一絲喜悅的微笑掠過唇角，過些時候再央人替空金找個家室吧，畢竟他還年輕啊。

「阿爸，你想什麼呀，怎麼菜也沒吃、酒也沒喝呢？」空金端來飯菜，看著矮古伯仔在桌前沉思著，關心地問。

「一起來吧。」矮古伯仔慈祥的音色讓空金倍感窩心。

轉眼，父子不知共進多少次晚餐了，矮古伯仔已垂垂老矣，而空金正值壯年，單傳的香火，希望不久能延續。然而，這不是光說說而已，一切仍要靠緣分，千萬不能重蹈春花的覆轍，這也是矮古伯仔一直感到憂心的。

俗語說：「天公疼戇人」，但天公疼的並非是一些投機取巧，不務正業的人，而是那些默默地辛勤耕耘，不計較得失的人。矮古伯仔父子就是後者，他們蒙受天公祖的疼愛特別多，無論種下什麼農作物，都有收成，也為他們父子累積一筆錢財，雖然數目不大，矮古伯仔的棺材老本有了，也足夠再為空金娶一房新媳婦。一分耕耘一分收穫雖然是一句陳腔濫調的成語，但以此來形容矮古伯仔父子，或許再恰當不過了。

18

春花真是神通廣大，辦法多多。想不到她竟能在短短的時間裡，籌措到一筆可觀的競選經費。不管她用什麼方法取得，誰有權來過問，或許有權過問的只有她自己。

她的競選辦事處沒有龐大的組織，重要地點也不插旗幟，文宣只有少數的幾張，二輛宣傳車穿梭在各村落，擴音器不停地播放著：

「各位鄉親父老兄弟姊妹，大家好：

請支持形象清新、無黨無派、認真清廉、專職專業、服務熱忱、真情有力、敢講敢拚；掃黑金、捉貪官、反賄選、有魄力的二號林春花！」

如此的一遍遍，不停地播放著，老老幼幼幾乎都能背得出。然而，春花這一招，是那一種招術？是那一位高人替她出的點子？如果人在家中坐也能當選，那真是選舉史上一種超人的奇蹟。

其實春花心裡有數，龐大的組織，對一位用錢買票的候選人來說，是沒有用的，只會增加財務上的負擔。況且，她的財務狀況並不是很寬裕，一分一毫都是用她的美麗換取而來的，既沒有金主來挹注，亦無不動產做抵押。那個龜孫子馬哥，玩膩了，人也不見了；她一直很懊惱，在他神魂為她顛倒的那個時候，為什麼不好好地敲他一筆，甚至把他的房子，過戶在自己的名下。雖然曾經合夥開公司，但隔行如隔山，資金都被人給啃光了，留下一個爛攤子讓她來收拾。用矮古伯仔的房地契做抵押的貸款，已不能按時繳息，幸好銀行那位經理也是豬哥族，禁不起她豐滿胴體的誘惑，雖然讓他嚐到了甜頭，但她卻沒有少掉什麼，反而利息可拖上一段時間再繳，對一位財務欠佳的女人來說，何樂而不為呀！

如果這一次能順利當選，如果能弄到一筆錢，一定要設法先還清這筆抵押貸款，盡速地把房地契送還給矮古伯仔，好讓他老人家安心。萬一落選呢，她所要面對的問題實在太多了；或許，連一處棲身之所也難尋，連最基本的民生問題也得依靠旁人的施捨，林春花是否禁得起這個考驗和打擊？還是要重回酒店當公關？出賣逐漸褪色的青春年華。如果能徵得空金的同意和矮古伯仔的諒解，重回王家，重做王家的媳婦，這是她夢寐以求的。然而，可能嗎，她已徹底地傷了他們的心，一切一切都是夢想；夢想又怎能成真。

拜託、拜託，請支持形象清新，無黨無派的二號林春花。

拜託、拜託，請支持認真清廉，專職專業的二號林春花。

拜託、拜託，請支持服務熱忱，真情有力的二號林春花。

拜託、拜託，請支持敢講敢拚，有夠魄力的二號林春花。
拜託、拜託，請把最美麗的政壇玉女林春花，再一次地送進代表會。

第二波的文宣剛出爐，隨即引起對手無情的反駁，四年前曾經吃過她「美麗」的虧，今天終於逮到她的把柄，對手並無指名道姓，僅用隱喻的打油詩方式，給選民一個很大的想像空間。

酒女形象最清新，無黨無派偏一邊。
床上服務最熱忱，無情無義鬧離婚。
假認真又假清廉，專職專業在酒店。
敢講敢拚在包廂，手掐男人有夠力。
各位鄉親父老兄弟姊妹，請睜開你們雪亮的眼睛，如讓這號人物進入殿堂，是我們此生最大的恥辱！

短短的幾句話，讓春花灰頭又土臉，但她並不想與他們打口水戰，反正樁腳已替她計算過當選的安全票數，一切都在她的掌控中，只怕有人加了碼，屆時將是白忙一場，高票落選是她永遠不能接受的；但在選票尚未開出前，人人有希望，個個沒把握是最現實的問題，任誰也不敢大意。

四年前有空金村人的支持，有矮古伯仔親朋好友的贊助，僅花了少數錢，就順利當選。而今所籌措的，近乎它的三倍，如果不是吳大哥、楊大哥、李大哥、孫伯伯、以及新認的乾爹，他們鼎力相助，林春花錢從何處來。然而，這些給錢的、或借錢的，他們與她是什麼關係、什麼交情呢？春花憑什麼能週旋在這幾個男人之中，或許靠的依然是她的美麗、她的手腕、以及萬人迷的魔鬼身材和雪白的胴體。當一個女人心中只要權力時，她的羞恥心常被權力矇蔽，於是她以性做工具，不達目的死不休，相信春花的思維是如此的。

19

在激烈的競爭下，投票所並沒有為春花開出紅盤。其他候選人的辦事處，已陸續地有鞭炮聲響起，樁腳的回報對春花相當不利，落選已是不爭的事實，春花強忍欲滴的淚水，依然保持良好的風度，她先安撫為她操盤和運作的樁腳：

「近一個月來，大家辛苦了。」春花哽咽著說：「選舉本來就有輸、有贏，雖然與我們估算的票數落差很大，但我相信，大家都盡力了。」

「不，」其中一位樁腳氣憤地說：「矮古伯仔他們村裡，開出的票簡直太離譜。依我們的估算，至少有一百五十票的實力，想不到只有四十幾票。」

「輸就輸在這裡，」另一位比手劃腳地說：「我們只差九十二票呀！」

「被他們耍了，」替她開宣傳車的運將也插起了嘴，「錢他們拿了，票卻投給別人，這些沒有良心的東西，我們應該找他們算帳！」

「好了、好了，」春花打起了圓場：「這種事鬧不得。買票本來就是一種違法的行為，一旦事情鬧大，遭人檢舉，沒選上還要吃官司，這可划不來呀！」

大家都默不出聲，只有落選時的懊惱，只有被出賣時的氣憤。然而主人都已接受這個事實，助選人員又憑什麼不接受呢？

「把宣傳車開來，」春花招招手說：「我們去謝票。」

「各位鄉親，我是林春花，感謝你們的支持，謝謝、謝謝！」

「各位鄉親，我是林春花，感謝你們的支持，謝謝、謝謝！」

春花站在宣傳車上，雙手作揖，一遍遍，不停地喊著，不停地高聲的喊著：

「各位鄉親，我是林春花，感謝你們的支持，謝謝、謝謝！」

「各位鄉親，我是林春花，感謝你們的支持，謝謝、謝謝！」

選區的每一個村落，每一條可供汽車通行的道路，她都不放過。如果當初她能以這份熱忱的心來感動鄉親，至少也能為她爭取到百來張的同情票，當選或許不會有太大的問題。然而她太依賴金錢，太依賴樁腳，以為金錢是最好的當選工具，但千算萬算總有失算的時候，竟然還有拿錢而票不投給她的選民，這一點是她一直難以釋懷的。

宣傳車疾駛在一條塵土飛揚的黃土路上，遠遠她看見二個熟悉的影子在田地裡耕作，那是矮古伯仔和空金，那是她的公公和丈夫，那是一個即將失去的回憶。她透過擴音器高聲的喊著：

「感謝、感謝，感謝你們的支持！」

「感謝、感謝，感謝你們的支持！」

春花雙眼凝視著他們，凝視著一片翠綠的草地，凝視著一頭熟悉的老黃牛；多麼地期盼他們能站起身，脫下箬笠，向她揮揮手。然而這小小的期望，畢竟還是讓她失望。或許他們只是一個純樸的老農夫，政治與他們何干；誰當選、誰落選，他們都以平常心來看待，如讓這個爛女人當選，是禍而不是福，至少他們村裡的人，多數是有同感的，並不完全是他們父子懷恨在心。

春花感傷的淚水終於落下了，是政治的冷漠？是社會的現實？是人心的善變？還是她所做所為，不能讓這個傳統的社會接受？不能讓鄉親們認同？無數的問號，不停地在她腦裡盤旋著，不停地激動著她的心扉。

謝完票，激烈的選戰也正式地結束，與她同嚐敗選滋味的尚有好幾人，想到此，她的內心也就坦然多了。四年後再捲土重來？還是找個適當的男人嫁了？現在說來，一切都言之過早。如果、如果，如果能與空金重修舊好；如果、如果，如果能再成為他們家中的一員，她會感謝老天的，也會善盡女人之責，做一個賢妻良母，侍奉他們父子終生，此生絕不再涉入政治，絕不再做一個人人欲誅之的政客。

宣傳車停在大門口，她順手把「林春花競選辦事處」的紅紙撕下，揉成一團，順手一擲，擲向遙遠的未來，擲向一個未知的夢境。

從此之後，林春花的大名在政壇上消聲匿跡。

從此之後，聲色場所裡多了一朵，多刺的紅玫瑰。

當然，她亦能幻化成一隻美麗的彩蝶，一朵溫馨的小花。

20

接到法院查封房地的通知書，矮古伯仔臉色發白，口吐白沫，不省人事地昏倒在大廳的地板上。

「阿爸，阿爸，」空金見狀連忙地把他扶起，鄰居也趕來協助、有的按摩、有的掐手、有的揑筋、有的搥背、有的餵他喝開水，總算慢慢地讓他甦醒。然而矮古伯仔依然無力地躺在床上，依然擔心這間古厝會被法院查封，依然擔心那方田地會被拍賣。於是，他病了，得的是內科醫生檢查不出的病症，他每天喃喃自語地，抱著小鐵盒，凝視著空無一物的小鐵盒。

「阿爸，你不要想太多，」空金緊握住他的手，「我不會讓房子被查封，也不會讓田地被拍賣，我會想辦法的！」

不管空金怎麼說，不管空金如何來安慰，矮古伯仔的神情依然如此。空金除了農事家事外，又要照顧近乎失常的矮古伯仔，他的心中萌起一股無名的仇恨，一切都是林春花這個女人害的，他恨不得殺死這個爛女人！

在空金的奔走下，銀行除了體恤他的實情，也認同他清償的誠意，同意他先償還積欠的利息，再按月分期攤還母錢，並撤回對房地的假執行。空金彷彿遇到貴人的相助，喜悅的形色溢於言表，然而矮古伯仔已承受不了如此的打擊，他的精神日趨惡化，空金再如何地向他解釋和保證，依然無法挽回他逐漸失去的健康。

空金牽著牛，步履蹣跚地尾隨在牠的背後，這頭跟隨矮古伯仔幾十年的老黃牛，這頭曾經為他們家辛勤耕耘了幾十年的老牛，何嚐不是矮古伯仔永恆的牽掛。而好久好久，老主人已不再撫摸牠金色的體毛，老主人也不再輕拍牠的背，這條山路，牠與老主人不知已走過多少日夜晨昏。

老牛在田埂上啃食著青草，長長的尾巴拍打著纏身的蠅蟲，空金替代老主人拍拍牠的背，撫撫牠金黃的體毛，這是否就是傳承？這是否就是代代相傳？人與牛息息相關，人與這片土地何嘗不是也如此。空金放眼望去，田野是綠油油的一片片，只是深恐他的阿爸無緣目睹這片景象。從年輕到年老，他一直守著一幢破舊的古厝，幾畝風飛沙的旱田；而失去的時光，變色的家園，始終無法改變他對這片土地的熱愛。此刻，他生命中的泉水即將乾涸，這片土地也將從他的生命中失去。空金想到此，情不自禁地悲從心中來，一滴滴悲傷的淚水，滴落在矮古伯仔一鋤一鋤開墾的田地上。

空金俯下身，掬起一把土，聞聞泥上散發的芳香，它有阿爸的汗香和體香，有阿爸的掌印和腳印，還有阿爸尿急時撒出的一泡溺，吐出的一沫痰。因而，這把土，這塊地，都有阿爸的身影存在，更有阿爸與這片土地永恆不渝的深情。雖然阿爸不能與他同來，他將掬一把芬芳的泥土，放在阿爸的床前，讓阿爸時時刻刻都能聞到，這股他深以為傲的鄉土味。

燦爛的陽光映照在翠綠的林木上，隨著社會的變遷、人口的外移、老農的凋零，許許多多的土地已荒廢，唯有矮古佰仔和空金父子，默默地守住這片田園，守住老農一生追求的根和理想。空金他深信，延續這條農耕的命脈是他永恆不變的心志，他不會被外來的因素擊倒，他不會半途而廢，他愛鄉愛土，唯一憎恨的是春花，這個爛女人！

21

春花重理舊業已是家喻戶曉的老聞，而不是新聞。

然而她打著退職民代的響亮招牌，妝扮得更是端莊艷麗，她已不再是陪客坐檯的小姐，而是週旋在每一個包廂的公關經理。她以高超的交際手腕，以熟悉的行家姿態，調配所有的女郎，她儼然已成為這個煙花聲色場所中的大姊大。她看穿了這個現實社會、冷漠的政治環境、醜陋的男人嘴臉。於是，她不再以美麗做工具，不再以性來換取金錢，雖然因職業的使然，不得不週旋在每一個包廂裡，不得不禮貌性地和客人寒暄。不管對待老主顧，新客人，她已懂得嚴守分寸，男人若想佔她一點便宜，豬哥族若想吃她一口豆腐，她變臉似變天，絕不為客人留顏面；雖然得罪了不少客人，但絲毫不影響她們的營業。因為她們酒店有一流的裝潢、富麗的包廂、出眾的美女、低廉的價格，加上曾經貴為民代的女公關經理，如此的組合，又有那個同業能與她們相媲美。

春花對人生開始懂得規劃，對自己也做了最徹底的反省，投入政治是她人生一大錯誤，被馬哥甜言蜜語所騙是二大錯誤，和空金離婚是三大錯誤。每一筆都值得她深入檢討，每一筆都是她人生中最嚴重的致命傷。每當夜深人靜，每當風雨交加，每當午夜夢迴，她的心湖猶如風浪的侵襲，一波未平又一波；一波未平又一波地，讓她難以忍受痛苦的煎熬。對馬哥的恨猶如空金對她的恨一樣，而對矮古伯仔，她的內心更深懷著一份難以言喻的歉意，如今他老人家已病倒在床，精神已失常，意識已不清，一切罪孽應由她來承擔，一切過錯應由她來負責，如果能挽回她與空金的婚姻，不知該有多好，這也是她自我檢討過後唯一的夢想，唯一的奢求。如果老天有眼，應該要同情她這份虔誠的懺悔之心，完成她的心願，讓她重新做人，讓她重新立足在這個社會，照顧矮古伯仔終生。

春花已存了一些錢。錢、曾經是她追求的目標，錢、曾經讓她墮落和頹廢。有人為錢而生，有人因錢而死，如果不把它當成身外物，永遠是它的奴隸。春花換上簡樸的便裝，來到當初把矮古伯仔的房地契，設定抵押的銀行，她巡視了一下四週，那位豬哥經理已不在其位，論其品德絕無高陞之可能，或許掛了也不一定。

「請你查一下王天海的抵押貸款帳戶。」春花在櫃台前停下，順手取出一疊鈔票，放在櫃台上，柔聲地說：「我先替他還三十萬。」

櫃員看看她，是看她的美麗，還是懷疑她還錢的動機？然而，不管是什麼動機，借錢難，還錢總不難吧！還是還錢也要保證人？這些沒有良心的吸血鬼！

櫃員取出帳卡，點數現鈔，書寫傳票。她目不轉睛地凝視著那張密密麻麻的帳卡，始終沒有勇氣開口問他還剩多少錢未還清，或許還早吧。但無論如何，她會省吃儉用，慢慢地、暗中地，幫空金還清這筆因她而背負的債務。

春花曾趁著空金上山耕作時，偷偷地回鄉下探望矮古伯仔，鄰居都感到驚奇和不可思議，尤其看到她那不施脂粉又消瘦的面龐，以及樸素的衣裳和裝扮，不得不令人心生同情。

她快速地為矮古伯仔梳洗身軀，洗滌衣物，打掃房間，惟恐被空金碰到將她趕出門。大家都清楚，空金雖然為人忠厚，但也有他的個性，一旦發作，王爺國公照樣請出來，絕不妥協。尤其對春花，他恨之入骨，他恨之入骨！春花想和她重修舊好，或許尚言之過早吧。

春花屢次來探望矮古伯仔，鄰人也不敢告訴空金，深恐橫生枝節，對他們造成二度傷害，加深仇恨。而空金一直不明白，是那一位好心的鄰居來為他阿爸梳洗、打掃？鄰人的好心他實在不便過問，相信有一天，這個恩人會出現的。然而，恩人何止這些，是誰先為他償還三十萬？這可不是一筆小數目，銀行的櫃員說是一位小姐，而小姐何其多，又是那一位小姐願意先為他償還三十萬呢？莫非是天助、神助，空金再怎麼想，也想不出是春花的幫助，毋寧說是春花在還債，只是他不知而已。

對於春花一而再，再而三地回到這個純樸的農村裡，探望病中的矮古伯仔，村人對她的印象也有了新的改變。她變得低調有禮，應答得體，對老弱婦孺，關懷有加，以前的不當情事，似乎已慢慢地從村人的記憶中消失。她以一副新的面貌，呈現在眾人面前；以全新的姿態，接受村人的檢驗，而空金是否會認同這個事實？讓她回歸到這個缺少女主人的家庭，一切乃是未知數。

「出去，出去！」當春花再次回到這個家庭，巧而讓空金碰到，他大聲地怒吼，硬把她推出去，「妳出去，給我滾出去！我們不要妳的憐憫，不要妳的施捨！」

春花無言以對，淚水取代她的辯白。她低著頭，佇立在門口埕的暗角處，不停地哭泣著，空金睜大眼睛，咬牙切齒地瞪了她一眼，又「呸」地一聲，在她眼前吐了一口口水，而後扛起了農具，往山路走去。村裡的婦人見狀，都紛紛地圍過來安慰她。

「別再傷心了，春花。」阿財嬸輕輕地拉起她的手，輕聲細語地安慰她說：「空金現在還在氣頭上，妳千萬不要太介意；人在做，天在看，時間會證明妳的誠心和誠意。」

「阿財嬸，我不怕等，只祈求有一天他能原諒我。」春花擦拭著欲滴的淚水，神情黯然地說。

「這點妳放心吧，我們會慢慢來開導他。」阿福嫂也以承諾來安慰她。

「我從不否認以前做過許多對不起他們的事，但我一心向善來懺悔、來改過，雖然我不敢奢望能重回這個家庭，但只求他能原諒我，讓我在人生這條道路上，活得有意義。」春花低聲地說。

「相信空金是一個明理的人，」阿財嬸接著說：「如果妳真有這番誠意，而他又固執不聽我們的勸導，我們一定央請村長出面來說服他。」

「矮古伯仔的身體狀況已快不行了，或許正在選日子、看時辰，如果時間允許，妳要多費點神啊。」阿福嫂說。

「會的、會的，我會的。」春花急促地說，頰上又多了許許多多的淚水……。

22

空金一直想不透，春花這個爛女人，為何又陰魂不散地出現在他的面前。她猜想，銀行那三十萬一定是她還的，替阿爸打掃、洗滌的是她無誤。這個女人，在外面玩夠了、瘋夠了，她已不再是酒店裡的紅牌酒女，也不是政壇上的玉女；她年華已逝，青春不再，現在還能有多少賣點，還能引誘多少男人？難道是看他這個老實可欺的鰥夫，想再一次來騙他，想用這個圈套來套他？空金的內心裡，憤怒地吶喊著：「林春花啊林春花，妳的想法未免太天真了，妳小看了一個農夫，一個常年與牛、與地為伍的莊稼漢」。當初雖然錯讓她投身政壇，但人必須潔身自愛，政治人物的品德操守、一舉一動、所做所為，更必須禁得起選民的檢驗。空談理想、謀取私利、人格淪喪、亂性亂倫、如此之人，又有何格立足在這個社會。

春花之於會淪落至此，空金並沒有迴避責任，或許太過於聽信她，太過於寵愛她，太過於尊重她，毋寧說有點懼怕她，處處以她的觀點為觀點，以她的決定為決定，甚至她和那個姓馬的龜孫子有了一腿之交，他並沒有全力阻擋，曉以大義，任由這對狗男狗女做一些見不得人的好事，仔細想想，他必須承擔大半的過錯，不能把責任都推給春花。然而，男人的尊嚴逼迫他不能承認這個錯誤，一切的過錯都是春花，她才是罪魁禍首，她才該殺！想起這些，他依然是氣難消，氣難消！

過去一些不如意的事，的確讓空金愈想愈生氣，但他並沒有因此而喪志，除了照顧矮古伯仔，幹起活來如一條生龍，如出山的猛虎。過些時候，他一定會把那幾張房地契拿回來，重新放在阿爸的鐵盒裡，這是他唯一的目標，不變的心志。相信阿爸看到那幾張所有權狀，很快就會好起來的，屆時，他們父子又可一起上山，聞聞田野的芳香，只是深恐這個美夢難成真，空金不禁悲從心中來……。

突然地，矮古伯仔的神智清醒了很多，自己能走動，口齒也清晰，他告訴空金想上山走走。

「阿爸，等你完全復元後，我再陪你去吧。」空金擔心他的體力，不知能不能負荷。

「我好了，我已經完全好了，你不必擔心。」矮古伯仔聲音有些抖，氣有些喘。

空金為他披了外套，扶著他，一步步，緩緩地朝著蜿蜒的山路走著。矮古伯仔東張、西望望，是遠山翠綠的山林讓他心曠神怡，還是這片土地讓他雀躍萬分。他深凹的雙頰浮起一絲滿足的微笑，這是一片多麼美的土地啊，他打從內心發出如此的呼喚。

「孩子，我們的頂上是藍天；藍天雖美，但沒有我們腳踩的土地踏實。」矮古伯仔牽著空金的手，一句句，低聲地說：「我們的根已深入在這片土地裡，地裡的一粒沙，一把土，都與我們的血汗相凝結，孩子，你要珍惜它。」

「阿爸，我會記住，永遠地記住。」空金緊緊地握住矮古伯仔的手說：「沒有土地，猶如浮萍沒有根，它終將隨波逐流，找不到方向。」

「你的譬喻很正確，」矮古伯仔點點頭，突然感傷地說：「孩子，你看到日正當中的太陽吧，它雖然燦爛，卻有西下的時候；人生何嘗不是也如此，當心中的陽光西沉，旭日永遠不會再為它昇起。孩子，你不能不捨，只有祝福，知道嗎？」

「阿爸，你不能說這些消極的話，」空金別過頭，紅著眼眶，雙眼凝視著矮古伯仔，哽咽著說：「明天的旭日，依然會因你而高昇；明天的陽光，依然會因你而燦爛！」

「孩子，不可能的事不能強求。」矮古伯仔移動著腳步，「我們回家去吧。」

空金點點頭，攙扶著他，往回家的路一步一步緩緩地前行。然而，矮古伯仔的眼睛，不停地環視四週，似乎未曾放過大自然裡的一草一木、一塵一埃。突然他俯下身，掬起一把土，在鼻前連續幾次不停地巡著，是不捨？還是要品嚐它的芳香？久久、久久，滋潤這把泥土的是矮古伯仔的兩行清淚，以及一顆即將回歸塵土的心。

回到家裡，矮古伯仔佇立在大廳的供桌前，從土地公、媽祖婆、觀音媽，到列祖列宗的神主牌位，他一遍遍不停的巡視著。終於，他的目光停滯在老伴的牌位上，這個沒良心的女人，為什麼要早早離開他，讓他父兼母職，渡過艱辛苦楚的人生歲月。明日時辰一到，他的神魂將從人間遊移到陰間，然後輕叩她的大門，喚她一聲：「梅娘」。而她是否還記得他，記得他們曾經擁有一段幸福美滿的家庭生活，以及一位戇而不傻的心肝寶貝；或許忘了吧，或許她在陰間又找到了伴侶，找到了一位她心中理想的親密愛人。

矮古伯仔雙腳跪地，手拈清香，他祈求先人，當他的時辰到來，請引導他走向西方的極樂世界……。

23

矮古伯仔「壽終正寢」的消息並沒有引起太大的騷動，這是上了歲數的老年人必須走的路。大家都認為矮古伯仔好命，沒有受到病魔太大的折磨，雖然精神失常，語無倫次，但並沒有暴力傾向。因而，老一輩的村人與他相處，依然極為融洽，對於他的逝世，除了流下一把同情淚，唯一的就是分工合作，替他辦理後事。

春花聞訊後即速地趕回來，然而她在大門外徘徊了許久，始終沒有勇氣踏進去，深恐又被空金趕出來。

「春花，妳怎麼站在這裡不進去呢？」阿財嬸走到她的身旁，不解地問。

「阿財嬸，」春花一陣心酸，淚水已爬滿了她的臉，「我怕空金把我趕出來。」

「不會啦，」阿財嬸拉著她的手，緩緩地走著，「人已經躺在棺材裡了，還有什麼脾氣好發的。」

跪在棺木旁的空金，一見到春花，隨即站了起來，氣憤又激動地指著她說：

「出去、出去。出去、出去。誰叫妳來的！」

春花「哇」地一聲跪了下來，傷心地，悲傷地，不停地嚎啕大哭。她不理會空金的阻止，一步步爬向矮古伯仔的棺木旁，伏在黑色的棺木上，一聲聲「阿爸、阿爸」的淒厲哭喚聲，一句句「阿爸、阿爸，我錯了、我錯了」的懺悔聲；聲聲激動著生者的心靈和肺腑，聲聲感動著天地和鬼神。

空金氣憤地不看她一眼，心裡想著，等她哭完後再把她趕出去，這個臭女人、爛女人、不要臉的女人！或許，村裡的嬸姆、叔伯、長老都已看出他仇恨春花的心態，刻意地把他叫到一旁。

「俗語說，知過能改善莫大焉，相信你懂得這句話。」飽讀詩書的阿財叔開導他說：「春花的改變，村人有目共睹，誰也騙不了誰。今天你阿爸已往生，大家都處在一個悲傷的氛圍裡。人是有感情的，春花雖然有對不起你們的地方，但好好壞壞也與你們相處了好幾年。今天她踏進這個家門，並不是貪圖什麼，只是盡一份孝心，如果你能不記前嫌重新接納她，這是村人所樂意見到的，也是你阿爸在九泉之下所願意看見的。不要忘了，破鏡重圓的家庭最溫馨。」

「阿財叔說得沒有錯，」阿種伯接著說：「你今年的歲數也不小了，想續弦談何容易，況且你們曾經相處過好幾年，彼此之間也有一番瞭解。以前因瞭解而分開，現在因瞭解而再結合，這是多麼地難能可貴呀！」

「這也是一個機會，」阿財嬸也插起了嘴，「春花如果不惦念著這點舊情，永不再回頭，你能拿她怎麼樣？不要忘了，在短暫的人生旅途裡，有一個家，有一個伴，才稱的上完美；如果想孤零零地過一生，再多的財富也沒用。」

空金無言地、淚流滿臉地，接受他們善意的教誨和開導。他的情緒也略微地平靜，沒有初見春花時那麼的激動。然而他始終不明白，這個女人為什麼還有臉回到這個家？到底存的是什麼心？果真像阿財叔他們所說，她變了，變成一個村人都認同的好女人，如果有一天再變回去呢？這世界絕對沒有不變的人、事、物，定論不必下得太早，未來的誰膽敢預言。

為了尊重長輩的勸導，以及不願驚醒長眠中的矮古伯仔，空金不再對春花怒目相向，也不再叫她滾出去，一直讓她伏在矮古伯仔的靈柩上哭泣，不願理睬她，只因為他心裡依然有恨。

春花哭了很久很久，哭腫了眼，也哭碎了心。雖然她想以贖罪的心、以真誠的心來侍奉矮古伯仔，但天卻不從人願，僅那麼短短的一段時光，就讓天人永隔，一在天上，一在人間，怎不教她凄然淚下。然而此時此刻，她多麼期盼空金能和她打一聲招呼，任憑一句罵她的話，她也願意洗耳恭聽。但他沒有，一副冷冷的面孔，一顆冷冷的心，竟連看她一眼也厭倦。難道他真的恨她那麼深，真的那麼絕情？抑或是她變醜了，臉醜心也醜，不值得他一看。

「好了、好了，休息一下，別再哭了。」阿財嬸輕輕地拍拍她的肩說：「人死了不能再復活，只要有這點孝心就好。」

春花抬起頭，揉揉紅腫的眼，而後，雙手又伏在棺木上。

「租來的喪服，就在空金的房裡，妳去穿上。」阿財嬸熟練地告訴她說：「媳婦要穿黑色的。」

春花猶豫了一下，始終沒有勇氣站起來。

「不要怕，」阿財嬸再次拍拍她的肩，低聲地告訴她說：「剛才阿種伯以及妳阿財叔都給他講過了，他又不是牛，不會聽不懂的。」

春花以感激的眼神看看阿財嬸，而後站起身，偷偷地瞄了空金一眼，看看他會有什麼式樣的反應。然而沒有，空金依然跪在棺木的另一端，雙手放在棺木上，兩行淚水，兩管鼻水，這是一幅多麼地，讓人心酸的景象啊，惟有當事人，始能體會出如此的心情。

矮古伯仔生前，雖然只是一介農夫，但他熱心公益，當選過好人好事代表、敬軍模範，又是中國國民黨的老黨員，春花好好壞壞也曾當選過民意代表，村長特地為他籌組治喪委員會，佈置靈堂，恭請地方父母官為主任委員，這在一個純樸的小農村裡是少有的大事。各界的輓聯掛滿整個靈堂，不僅讓矮古伯仔風風光光上山頭，喪家也倍感榮焉。然而村長在眾多的輓聯中，突然發現，竟然有五位局長合送一幅價值八十元的輓幛，三位祕書加二位主任也是這種情形，村長憤怒地破口大罵：

「幹伊娘，小氣鬼，五個大官送一塊白布；每人少喝一口酒也不止八十元！」

「不要生氣啦，」順伯仔走過來，打了圓場說：「意思到就好了，況且大官在上，小老百姓永遠沒有生氣的權利。」

「幹伊娘，把它撕下！」火南叔公也發了火，「每人用十六元來敷衍死人、欺騙死人！」

在道士的引導下，矮古伯仔的棺木已抬到靈堂後，空金身穿麻衣，手拿「幡仔」，跪在地上，而後一步步爬向靈堂前，春花身穿黑衣褲，頭罩麻巾尾隨在後，他們相繼地為矮古伯仔上香　拜，傷心的淚水與悲傷的鼻涕齊流，鄉親鄰人也紅了眼眶，他們會永遠惦記著一位與世無爭的老好人。

公祭開始時，擔任治喪委員會主任委員的父母官並沒有到，只派了一位祕書來主祭，村長的火氣霎時又爆發。

「幹伊娘，這種官僚，別以為他連任一次了，以後不必再選了，派一個小祕書來應付一下，他不但瞧不起喪家，也瞧不起我這個村長！」村長愈說愈氣：「幹伊祖嬷，大家走著瞧！」

村長的理由絕不牽強，這也是對官僚體系的一種諷刺。他們在競選的時候，村長往往是他們最大的樁腳和輔選人員。如今，他已連任過一次，不能再參選了，樁腳和村長對他們來說已失去了作用，趁機一腳踢開是一件極正常的事，況且，並不是政客的無情，而是社會的現實。

矮古伯仔已風風光光被抬上山頭，他的神主牌前供奉著一碗白米飯，繚繞的清煙，白色的燭光，已模糊了矮古伯仔的影像。

春花在阿財嬸的協助下，把矮古伯仔生前睡過的被褥衣物拿到郊外燒棄，屋內也重新整理和打掃。連續幾晚，她一直守在矮古伯仔的棺木旁，累了就伏在棺木上小睡片刻，沒有嚐過睡在床上的滋味。現在矮古伯仔的後事已料理完畢，空金是不會留她的，她也該回到租處好好的睡一覺，明晨再來給矮古伯仔「拈香拜飯」吧。

她拎著小包袱，走到院子，空金不願瞧她一眼，她也不願看他一目，直接走到阿財嬸身旁。

「阿財嬸，」她紅著眼眶，哽咽著說：「我先走了，明早再來給阿爸拜飯。」

「什麼？」阿財嬸訝異地問：「妳要走，妳現在就要走？」

春花點點頭，也點下了一串淚珠。

「妳阿爸的房間，我們不是打掃過了嗎？就是要讓妳住的呀！」

「阿財嬸，」春花不知該說什麼，竟伏在她的肩上哭了起來。

一旁的空金竟連一句挽留的話也不說，阿財嬸火冒三丈地指著他，高聲地怒叱著說：

「你是啞巴啊，你站在那裡發什麼呆！你不會留留她呀！！」

空金被這突來的叱責聲怔住，一時不知該說什麼。然而他的雙眼卻在此刻，投射在春花的身上，春花頭一抬，霎時，四隻眼睛成了兩條直線，在交會的那一霎裡，它能發射出一道什麼式樣的光芒？

「既然回來，就不要走！」空金的口氣，讓人難於忍受。

然而，聽在春花的耳裡，卻倍感不同，她現在可以順理成章地不走了；是他叫她不要走，不是她自願留下。

阿財嬸終於鬆了一口氣，他們本來就是夫妻嘛，她打從內心裡，說出這句真心話。

24

春花重回這個家庭後，村人正面的誇讚遠勝負面的批評。

她已辭去酒店的公關經理，做一個專職的家庭主婦。她試圖把以前璀燦的、與不如意的事，一件件從她忙碌的生活中，淡忘或消失。一切從頭來，一切從現在開始，讓以前的春花如石沉大海，讓以前的春花永不超生。然而，空金對她的恨意似乎未消，從不自動和她說話，她問一句，他答一句，他住他原來的房間，她則住矮古伯仔生前住的房間裡，同在一個屋簷下，卻有不同的畫面，這是多麼地有趣啊。或許，村人以為他們已是親密的戰友，誰曉得他們還在冷戰中。

空金依然忙於農耕，他的最終目標是先把貸款還清，取回權狀，放在鐵盒裡，以慰九泉下的阿爸。唯一的好處是休耕回家後，不必再為三餐煩腦，不必再為家事操煩，一切有春花；春花讓他能專心在田地裡工作，春花讓他回家有飯吃，春花讓他……。有春花竟是那麼地好，他為什麼不加以珍惜，他為什麼還要懷恨在心？空金不停地思索著，希望能從其中尋找到一個令他心服的答案，而這個答案，竟然深藏在他們兩人的內心裡。

春花除了家務外，她也取代矮古伯仔生前，協助空金農耕的職務。在農忙時，兩人同時上山，同時幹活。他挑重的、她做輕的，兩人內心雖有隔閡，但在工作上卻是同心協力的夫妻檔，誰不羡慕他們的甜如蜜，而想不到關起房門竟是冷若冰。是他們的性無能？還是未老先衰，抑或是農務太忙，沒有了性趣？然而，什麼都不是，只因為空金氣未消、恨未除，錯過許許多多，人生歲月裡的美好時光。或許，更重要的並不是這些，而是空金對春花的回歸，心存疑惑，必須再一次地接受時間的考驗。況且，他們已正式辦理離婚手續，如果雙方有心又有意，一切仍須從頭來，婚姻不是兒戲，而是真誠和責任，誰也不願承受第二次打擊和傷害。

時間過得很快，春去秋來又逢冬。然而，風吹、雨淋、烈日曬的農家生活更易摧人老。皮膚白皙的春花已曬成一朵黑玫瑰，清瘦的面龐，浮起幾條細細的魚尾紋，脂粉不施的她，依然有一份自然的美。她謙虛有禮，以前的浮華已不見，不良的煙酒嗜好已徹底地根除，歲月讓人蒼老，歲月也讓人重生，而重生者是否享有幸福的人生歲月？答案當然是肯定的。

「你阿爸已經『對年』，你們也已經『脫孝』了，」那晚，阿財嬸坐在大廳的籐椅上，面對著空金說：「你們的結婚手續也要快一點去辦。」

「慢慢來啦，阿財嬸。」空金不在意地回應她說。

「七拖八拖，東拖西拖，成什麼體統！」阿財嬸不高興地說：「你不急，人家春花急。」

「不急、不急，」春花趕緊地搖搖手說：「慢慢來，慢慢來。」她說完，看了一下空金，深恐他不高興，反而壞了事。

阿財叔是矮古伯仔的堂弟，在這個村裡，他們是較「親」的一家。而今，矮古伯仔已過世，阿財叔、阿財嬸凡事不得不來關心，空金對兩老，也尊敬有加。

「阿財嬸，」空金略有所思地，「我想先把銀行那筆貸款還清再說。」

提到這筆錢，春花隨即低下頭，一切都是因她而起。她相信，這筆錢與她的幸福是有關連的。

「還差多少？」阿財嬸關心地問。

「不多啦，」空金不願說出詳細數目，「過些時，豬就可以賣了，今年高粱少說也可收割百來擔，芋頭也開始挖了，很快就能還清了。」他信心滿滿地說。

「不要辜負了春花。」阿財嬸提出警告。

「不，阿財嬸，」春花搶著說：「是我辜負他，是我害了他。」

「過去的就讓它過去吧，」阿財嬸慢條斯理地說：「有些人因瞭解而分開，但你們卻是因瞭解而再結合，相信你們都會珍惜這份姻緣的。」

「阿財嬸，」空金凝視著她，由衷地說：「自從我長大懂事後，妳就像母親般地關懷著我，讓我沐浴在慈愛的春暉裡。阿財嬸，我不會讓妳失望的。」

「有你這句話，我就更放心了，」阿財嬸依然面對著他，「一個家庭能否幸福、美滿、和諧，不是憑藉著個人的力量，而是雙方要同心協力、互信互諒，如果缺少這點基礎，到手的幸福也會被溜走。」

「謝謝妳，阿財嬸，俗語說：聽君一席話，勝讀三年書。妳的教誨，我們會深記在心頭。」空金說完，看看春花；巧而，春花也正看著他。

阿財嬸走後，春花回到自己的房間，空金卻跟了進來。他拉起了她的手，轉了她一下身軀，輕輕地撫摸著她的髮絲，一遍遍，輕輕地撫摸著。春花像一隻受驚的小綿羊，把臉深深地埋在他的胸前。猛而地，空金托起她的臉，低下頭，不停地用嘴搜尋著她的唇，然而搜尋到的是她鹼鹼的淚水。

春花輕輕把他推開，擦擦自己的淚水，淡淡地說：

「時間不早了，回房睡吧。」

「不，」空金左手放在她的肩上，右手環過她的腰，把她摟得緊緊的，「從今以後，我要和妳睡在一起。」

「以後再說吧，」春花又一次把他推開，「不要忘了，我們還沒有結婚呢。」

空金緩緩地步出她的房門，一輪明月高高地掛在庭院的天際，幾隻野貓在屋頂上追逐，傳來一陣陣難忍的叫春聲，聲聲震憾著他的心。

「一切等結婚後再說吧……」他喃喃自語地說。

25

貸款終於還清了，空金第一件事，就是把房地契所有權狀，折好放在鐵盒裡，並上香向矮古伯仔稟告，以慰他在天之靈。當然，他也把這則喜訊告訴阿財叔和阿財嬸。

「錢還清了，就如同搬走內心裡的一塊石頭，」阿財叔吸了一口煙，「貸款的壓力很多人都嚐試過，往往會讓人喘不過氣來，幸好你們有決心和恆心，才免被查封和拍賣。千萬要記得，古厝和土地與我們有密不可分的關係，你阿爸生前最在意的就是這些，其他對一位老人來說，都是身外之物。」

「還清貸款的同時，你也別忘了對春花的承諾。」阿財嬸嚴肅地說。

「現在的春花已非以前的春花囉，」阿財叔冷笑了一聲，「改改你的牛脾氣，好好與人家相處，別忘了自己是誰呀！」

空金被說得啞口無言，只能對著他們傻傻地笑笑。

「找個時間到法院公證，補辦一下結婚手續。我和你阿財嬸做主婚人，找村長做介紹人。」阿財叔命令似地說：「就這麼說定了。」

「總得問問春花吧。」空金倒有一點膽怯，不知春花是變還是不變。

「現在懂得尊重人家了吧。」阿財嬸笑著說。

然而，春花何須問，該問的是空金他自己。

他們已向法院公證處提出申請，請他們安排公證時間。

結婚對空金和春花來說，雖不是新鮮的第一次，但兩人的內心裡，仍難掩梅開二度的喜悅。那天，春花刻意地妝扮了一番，然而就在她對鏡的時刻，竟然發現眼角的魚尾紋，比往日更粗更深了，髮間也夾著幾根白髮，她搖搖頭，微嘆了一口氣，人不老，歲月卻催人老，奈何啊，奈何！她的內心裡，發出如此的感嘆。

她婀娜的體態也有些微的變化，以前所穿的衣服，純為職業所需，量身訂做，此時已不適合她的身分。她選擇淡藍的洋裝，紅色的外套，這畢竟是喜事，是她生命中最莊嚴最神聖的一件事，她沒有理由不珍惜，且讓紅色為她們沾點喜氣吧。

空金穿了一套老舊的西裝，他不習慣打領帶，也不習慣扣鈕扣，白色的襯衫，古銅色的皮膚，更凸顯出他的戇氣和帥氣。他看看春花，看看今天這個新娘子，她清瘦了一些、也老了一些，她黑了一些、也憔悴了一些；唯一不變的，是她的美麗。當然，美麗並不是一種錯誤，真正錯誤的是人。如果沒有當初的錯誤，或許，或許現在已是兒女成群了。

接過公證人手中的結婚證書，彷彿他們的兩顆心在霎時已連成一體，難以形容的喜悅在內心裡蕩漾，這是他們重新邁向幸福人生的開始，不容許有任何的疏失和差錯。他們將同心協力、攜手同行、相互扶持，創造一個和諧美滿的家庭。

當晚，他們在附近的餐館備了一桌酒席，宴請少數的親友。在其他人眼中，這或許是多餘的，但對他們來說，卻有不同的意義。除了感謝阿財叔嬸平日的關懷和照顧，也要感謝村長多方面的協助和幫忙，最終目的，是為他們留下一個永恆的回憶。

席間賓主盡歡，祝福之聲連綿不斷。首先，村長說：

「我一生中，不知替村人辦過多少喜事，惟有這一次，讓我感到意義非凡。人生中的悲歡離合，本來就是一件極尋常的事，但一對因認識而結合，因瞭解而分開；而後又認識、又瞭解、又結合在一起的夫妻，我們除了祝福，還是祝福！」

「有人說：人生如戲，戲如人生。他們的故事，就像一齣曲折感人的連續劇。」阿種伯仔感性地說。

「如果矮古兄還在的話，不知會有多高興。」阿財叔端起杯，飲下好大的一口酒。

「你們這一房都是單傳，」阿財嬸接著說：「趁現在還年輕，要多生幾個。」

年輕？春花心裡一怔，一個歷盡風霜的高齡婦女，連受孕都有困難，她還能為這個家庭添多少丁？她還能為這個家庭做多少事？在接受祝福的同時，也讓她感到憂心。雖然只相差兩歲，但看起來空金比她年輕多了，不僅有那份戇厚的帥氣，更有一個硬朗結實的身體，反而她看來虛弱蒼老，缺少一份昂然的生氣和光彩。

他們相偕地站起，順著次序敬每一位長輩，他們的祝福，換來他們的感謝，這是一個多麼溫馨的場合啊，相信每一個人都會銘記在心中，直到永遠。

送走了賓客，在秋月的映照下，他倆順著蜿蜒的山路走著。春花緊緊地挽著空金的手臂，頭微微偏向他的身軀，好久好久沒有如此地親密了，好久好久沒有如此地相偎依了。

「春花，」他低著頭，輕喚了她一聲，而後說：「或許我們都會珍惜這一次的婚姻，但願它能像我們腳踏的土地那麼地牢固。」

「以前都是我的錯，今晚我以一顆誠摯之心，鄭重地向你說聲抱歉。也謝謝你不嫌棄，再一次地接納我。」春花依然把頭斜靠在他的臂上，感傷地說。

「不，春花，愛是不必說抱歉的。」他的手輕輕地拍著她的肩，「我們的思想已隨著年齡而成熟，我們要的是實際，而不是虛幻中的夢想。」他說著、說著，又輕拍了一下她的肩。「此時此刻，我們不必談誰接納誰，而是我們的兩顆心已融合成一體，相信我們的愛會更彌堅、更牢靠。」

「但願我不會增加你的負荷。」春花淡淡地說。

「在我人生旅途裡，我願意揹負妳這個甜蜜的包袱。」空金激動地說。

他們環繞了幾座小山頭，路經他們耕種的幾塊地，腳踩的雖然是平坦的泥土，卻有矮古伯仔深深的腳印存在著，他們也將循著這個腳印，找回一個失去的回憶。

他們緊緊地牽著手，秋月已逐漸西沉，似乎忘了今夜是他們的新婚之夜，為什麼會蹓躂在這片荒郊野地。不，這不叫荒郊，這是他阿爸開墾出來的一片沃土，這是他阿爸走出來的路。前面沒有刺人的荊棘，沒有絆腳的籐蔓，這是一條幸福的康莊大道，和春花攜手走來，它將更順暢、更平穩。

回到家，牆上的壁鐘剛敲過短短的一響，是午夜幾點半已無關緊要，他已和春花回到這個溫暖的家。有人說：家是人生旅途中的一個驛站，但這個家對他來說太重要了，他將無條件地為這個家奉獻一切，也會永遠的愛著春花、護著春花，更要為孕育子女，延續香火做萬全的準備。

春花已把床單鋪好，他刻意地點燃一對小紅燭，柔和的燭光映照在春花的臉上，更增添幾分嫵媚和嬌艷。他的心湖裡，滿載著一船幸福的笑靨，他將與春花共享，共享一船燦爛的星輝。

他走到春花背後，雙手輕輕地放在她的肩上，梳妝檯的明鏡反映出他倆的身影，她嬌羞地低著頭，他聞著她的髮香，以前的激情已幻化成此刻的柔情，儘管他們體內，有一股無名的火焰不停地在燃燒，好久好久未曾碰觸過的冰肌玉膚，對他來說，的確有難以抗拒的誘惑力。然而，春花亦有七情六慾，並非聖母瑪莉亞，只是此時此刻，誰也不願先提出這個難以啟口的要求。

壁鐘再度響起，是午夜幾時對他們來說已不重要，任誰也不能忍受如此的時光。於是一場男女戰事，終於在無預警的狀況下爆發，雖然他們曾經歷經過戰爭的洗禮，也從戰爭中得到許多經驗，但畢竟已是陳年往事了，記憶中似乎找不到這個多彩多姿的影像，但他們還是各自努力來滿足對方。當然，戰爭是有輸贏的，惟有這場美麗的戰爭除外。在這寧靜的秋夜裡，在他們重溫新婚的美夢裡，如果戰爭與和平讓他們自由選擇的話，相信他們選擇的是——戰爭，而不是和平！

尾聲

四年一次的選舉又到了，候選人的旗幟飄揚在島嶼的每一個角落，文宣傳單滿天飛。一些投機的政客，透過不肖的樁腳，送香煙、送茶葉、送洋酒、送新台幣，招待旅遊、宴請選民，一些不法的情事相繼出爐。知識水準較低的村民，巴不得天天有選舉，天天有錢拿，天天有吃不完的選舉飯。

空金與春花似乎沒有受到他們的影響，每天依然忙於農事和家事，從不接受任何的物品和金錢，更沒有吃過一口選舉飯，夫妻倆坦坦蕩蕩，既心安，又理得。當然，也引起一些人的嘰諷：

「我說春花啊，四年才一次呢，別裝高尚，不拿白不拿，不吃白不吃，過了這個月，機會就沒有了。」

春花只是淡淡地笑笑，依然堅持著自己的原則。

投票的那天，她揹著二歲的兒子，帶了身分證、私章，和空金一同出現在投票所，投下他們神聖的一票。然而，過了沒幾天，多位村人被檢調單位約談，甚至還有某樁腳被當庭收押。他們夫妻已遠離政治，不談政治，只因為，政客的嘴臉，他們看多了，政客的謊言他們聽多了。一個常年與土地為伍的農人，一個相夫教子的家庭主婦，才是他們此生所欲追求的。

原載二〇〇一年十二月廿三日至二〇〇二年元月廿二日《浯江副刊》

夏明珠

寫在前面

送走了老海，夏明珠孤單無語地坐在大廳一個暗淡的小角落。面對著供桌上那塊簇新的神主牌，金色的字體在白色的燭光下，反射出一絲微弱的光芒。那碗冰冷的白米飯上，有一圈圈的清煙繚繞，紙錢的灰燼在地上飄動，讓這方破舊的屋宇、斑剝的牆壁，平添一份悲傷的淒涼感。雖然老伴走了，走到一個無憂無慮的極樂世界，留下孤苦無依的她；但，日子總是要過的，一切必須自己來面對。夏明珠想著、想著：想起悲傷苦楚的一生，想起往後的人生歲月，情不自禁地悲從心中來，淚水沿著臉上深深的溝渠，不停地往下淌，往下淌……

1

夏明珠出生在東半島一個貧瘠的小農村，以她的家境與同齡的孩子相較，父母能勉強讓她讀完初中，的確不是一件易事。然而生長在那個年代，在戒嚴時期、戰地政務體制下，沒有人事關係和背景，一位初中畢業生又能謀求一份什麼樣的工作？或許，不是到百貨店、雜貨舖當店員，必也是在冰果室端盤子或撞球場當計分員。有福分進入公務機關的，那也必須憑藉著高官的一句話或一張紙條。其他人非不能，而是要透過關係，由一些有錢又有勢的社會人士來引薦，始能如願進府門。真正憑本事考進去的當然也大有人在，只是他們付出的心血，往往要超人好幾倍，這是不可否認的事實。倘若長得美貌，又善於交際，拜高官為乾爹或者是乾哥，如此的乾女兒和乾妹妹，只要高官一句話，人事單位想不任用也難啊！這種現象對島民來說似乎是見怪不怪，但誰又奈何得了；倘若要怪，那就怪自己沒有生一個漂亮的女兒吧！

夏明珠雖是這個家庭中的獨生女，然她自幼生長在貧困的農家，現實的環境並沒有讓她成為一個嬌生慣養的千金小姐；相反地，她更加勤奮和努力，憑著聰穎的智慧和在校的好成績，初中畢業後也順利地考上高中。然而，務農的雙親，賣了家畜、賣了作物，除了償還在小舖賒欠的貨款外，所剩已無幾；再怎麼地辛勤耕耘、省吃儉用，依然籌措不出那筆為數不小的註冊費和住宿費，來讓她繼續升學。夏明珠也能理解到家中的困境，體會到雙親的辛勞；沒有堅持非繼續升學不可，反而想到要快一點找個工作，好賺錢貼補家用。然而一個十七歲的女孩子她能做什麼？雖然她的發育正常，留了長髮、穿上輕便的服飾，看來已是一位婷婷玉立的小美人。但沒有乾爹和乾哥，又少了社會人士做後盾，在這茫茫的人海裡，又能找到一份什麼樣的工作？在輟學的那段日子，雖然分擔了家中許多工作，每天有忙不完的農事和家事，但，又能為這個貧困的家庭增加多少收入？看到豬欄裡那幾隻吃著米糠拌野菜，發育不全、營養不良的豬仔，看到門外那群吃著廚餘野放在芭樂樹下的雞鴨，又待何日始能長成，好為這個家庭換取一些微薄的銀兩，來改善困頓的生活。但這畢竟不是一個短暫的夢想，待這些畜牲能出售，不知還要吃掉幾包米糠、幾擔野菜，花費多少心血？每當想起這些，夏明珠的心總是不停地在悸動，出外謀生的慾望也相對地強烈。倘若和父母親墨守在這個小農村裡，也僅能減輕他們少許的工作負擔，對於經濟來源則毫無助益；一旦能找到工作，卻月月能領薪來貼補家用，對這個家才有實際上的幫助。夏明珠年紀雖小，這些現實的問題，卻經常地在她腦裡盤旋著。

秋節過後，夏明珠經同村一位好姊妹秀菊的介紹，來到一個新興的城鎮，在一家新開的撞球場當計分員。起初她的父母是堅決反對的；在他們的觀念裡，撞球場是一個不良的場所，進出的人複雜，都是一些遊手好閒的「少年家」或是些無聊的「兵仔」。一個清白又純潔的「查某囝仔」，一旦在這種「不三不四」的地方「吃頭路」準會變壞。然而，當他們看到秀菊已在這個城鎮的撞球場工作了好幾年，非但沒有變壞，反而更懂事。她哥哥讀書的學雜費，以及家中一些零星的支出，都是她賺取而來的，自己省吃儉用也有點儲蓄，將來的嫁粧那還用愁。況且，事在人為，一切操之在我，處處都有「變」與「不變」，人何嘗不是有好亦有壞？倘若沒有秀菊的介紹，那能有這個機會；不知還要待在家裡枯等到幾時！於是，他們不再堅持什麼，放心地讓夏明珠跟著秀菊走，走向一個全然陌生的環境裡。

新城鎮雖然只有二條街道、一個市場。但它位於防衛司令部的太武山下，鄰近有一個重裝師、一個輕裝師，加上防砲團、港指部、運輸營……，駐守的兵力總有數萬人之多，閒暇假日大部份都在這個新城鎮消費和活動，無形中也帶動這個新城鎮的快速發展和繁榮。有眼光的商人集資蓋了豪華的電影院，公營的克難電影院也改建成現代化的娛樂場、交誼廳。在這二條窄小的街道上，大凡五金百貨、文具書局、日常用品、成衣鞋業、水果蔬菜、魚攤肉販、菜館飯店、冰果室、撞球場……可說是應有盡有。購買電影票的長龍、人擠人的車站，撞球場佔不到位子而排排站的旁觀者、冰果室裡吃冰的人潮，每當電影散場，數十人追逐一部計程車的情景經常可見。

夏明珠受雇的是被稱為「撞球街」的中正路，這條街屈指一算，或許有十來家撞球場。只見她每天忙著計分、計時，撿球、擺球、結帳，忙得團團轉，也忙得很有成就感。當然，最高興的還是她的女老闆，一個靠著僑滙過生活，人人叫她「罔腰姑仔」的老女人。其實罔腰姑仔既不愁吃也不愁穿，為什麼要租下這間店面經營撞球場？最主要的目的，或許是排遣寂寞吧？她的丈夫在南洋另有家室已是家喻戶曉、眾所皆知，唯一的孩子林森樑卻遠在台灣讀大學。丈夫雖然按月寄回她和孩子的生活費，但又有誰能體會出她內心裡的孤單和寂寞？於是，她動用了極小部份的存款，開了這家本小利多的撞球店。每天看到進進出出的客人，以及那些在檯上滾動的七色球，她的精神似乎有了寄託；緊繃的臉上也有了笑容，孤單寂寞的心既感興奮又開朗。原以為只要夠開銷就好，賺不賺錢則是其次，想不到請來一位伶俐乖巧又善於招呼客人的好幫手，讓她財源滾滾、喜上眉梢。當然，她也沒有虧待她，第一個月就給了夏明珠五百元的薪餉，還管吃、住，若與其他撞球店的小姐相比較，可算是高薪；樂了伙計，當然也樂了老闆。

隔週的星期一，罔腰姑仔總會讓夏明珠休息半天，讓她回家探望父母；逢到月初，亦可將薪資一併帶回。坦白說，罔腰姑仔自幼在這塊土地上長大，深知「做穡人」的疾苦。尤其是生長在這個貧瘠的島嶼上，風沙大，水源又缺乏，一切農作物的收成，必須仰賴老天適時地普降甘霖，以及沒有受到蟲害，始能有口「安脯糊」吃，這也是俗稱的「好年冬」。倘若遇上旱災又蟲害的「歹年冬」，做穡人內心的苦楚和無奈，不是三言兩語可道盡。罔腰姑仔來自農家，從懂事起就親眼目睹這些情景；雖然長大嫁人後有了一些改變，但每當想起這些、想起一生務農而早逝的父母親，何嘗不是感同身受。

而婚後的第三年，當她生下孩子不久，丈夫卻遠去南洋無歸期；雖然按月寄回生活費，但她的心就猶如這片貧瘠的土地，缺少春風的輕拂、春雨的滋潤，與島上乾旱的田野並沒有什麼兩樣。因而，對於來自農村的夏明珠，她的內心裡始終有一份難於割捨的鄉土情懷，處處關懷著她與她的家人。然而，人的思維有時是很奇怪的，罔腰姑仔是否真正的關懷她們呢？卻也不盡然。如果用「自私」二字來做詮釋，或許也非常恰當；因為夏明珠與罔腰姑仔只不過是雇主的關係，一旦相處不融洽，隨時會走人；而罔腰姑仔是否能找到一位比夏明珠更好的小姐？夏明珠是否能找到一份比這裡待遇更高的工作？的確都是一個未知數。這種不定形的關懷，倘若以人際關係來說，那便是相互利用，也是人性最大的弱點和通病。

公車疾駛在平坦的柏油路，兩旁翠綠的木麻黃形成一條綠色的隧道，車窗外的微風輕輕地吹動著夏明珠長而烏黑的髮絲，這是她第二次坐在回家的車上。她的神情愉悅，唇角含笑，只因為行囊裡多了一份用勞力換取而來的鈔票。五百元不是一筆小數目；一條大肥豬要吃掉多少米糠、多少廚餘和野菜，花費多少心血始能把牠養大？而一擔，又能賣多少錢？一百斤芋頭、一百斤地瓜，壓彎了父親的腰，挑到市場又能值幾文？一個月五百元的薪餉，對這個貧窮的家實在太重要了。

父親有了這五百元，或許會先償還在小鋪賒欠的帳款；在這個小小的村落裡，她的父母親雖然識字不多，也有點兒木訥，但忠厚樸實，是典型的做穡人。夫妻倆向來講信用，只要賣了畜牲和農作物，不管多少，還帳總是最優先。因而，村裡的小鋪從未拒絕火旺叔、火旺嬸一家人的賒欠；也可說應了古人一句話：有賒有還，再賒不難。

夏明珠在村郊下了車，抄著熟悉的小路；她的腳步輕盈曼妙，彷彿是一個快樂的小天使。雖然她的衣著簡樸，未加修飾的臉龐更顯清麗。在短暫的時光裡，似乎尚未染上城市浮華的氣息，一顆純潔的少女之心表露無疑。然而，一樣的時空、不一樣的環境，往往會改變一個人，有人向上提升，有人向下沉淪，這或許是蒼天考驗人類智慧的開始。來自鄉村的夏明珠，是否能通過這道滿佈荊棘的關卡、禁得住外來的誘惑，為自己開創出一條邁向幸福人生的康莊大道？這或許也是她的父母唯一的期待。

「媽。」腳剛跨入大門的門檻，夏明珠迫不及待高聲地喊著，也四處地張望著。

「阿珠仔，」火旺嬸喊著她的小名，放下手提的餿水和米糠拌成的豬飼料；粗糙的手佈滿著米糠的餘渣，她熟練地在自己的褲上抹擦了兩下，而後快速地迎了過去，拉起夏明珠的手興奮地說：「妳回來啦！」

「媽，我領薪水啦。」夏明珠打開提包。

「老闆給妳多少？」火旺嬸急速地問。

「五百元。」夏明珠從提包裡取出一疊紙鈔，順手遞給火旺嬸。

「五百元，那麼多呀！」火旺嬸接過紙鈔，右手指沾了一下口水，笑容滿臉地數著。

「老闆要我好好工作，以後還會加薪呢。」夏明珠也難掩喜悅的笑容。

「待會兒妳爸爸從山上回來，看到這些錢不知道會有多高興。」火旺嬸緊緊地握住那疊鈔票，彷彿也握住一個希望。

火旺叔戴著箬笠、捲著褲管，挑著滿滿的一擔蕃薯回到家。看到多日不見的女兒，接過那疊印著孫中山遺像的十元鈔票，無形的喜悅寫在他的臉上，內心裡卻有一份不捨的輕愁。他何其無能，非但不能讓女兒多讀點書，反而讓一個十七歲大的女孩子拋頭露面地到外面賺錢來貼補家用；然而，當他想起困頓的家境，想起在小鋪賒欠的油、鹽、米帳，眼裡似乎有一絲悲傷的淚光在閃爍。他顧不了咕嚕咕嚕作響的腸肚，帶著那疊鈔票，直往小鋪走去。

「火旺叔仔，你真好命喔，女兒都可以賺錢了。」雜貨鋪的老闆娘阿麗翻閱著帳簿，笑嘻嘻地說。

「說來見笑，」火旺叔微嘆了一口氣說：「父母不中用，才會讓女兒拋頭露面到外面工作。」

「話不能這麼講，」阿麗雙眼盯著帳面，手指撥弄著算盤上那些黑色的珠子，誠摯地說：「時代不同了，男女都一樣！守在這個家，守住那幾畝旱田，總不是辦法。阿珠她一個月就能賺五百元；我們從早到晚辛辛苦苦耕作，養牛又餵豬，養雞又養鴨，一個月又能賺多少？」

「說來也是。」火旺叔幽幽地說，雙眼卻緊盯著阿麗身旁的算盤。

「從年後到現在，總共是四百七。」阿麗說著，順手把帳簿放在火旺叔的面前，「你要不要看一下？」

「不必啦。」火旺叔又把帳簿推回去。順手取出鈔票，食指沾著口水，邊數邊說：「增添妳不少麻煩，說來見笑。」

「這是什麼話，不要說是四百七，憑你火旺叔的信用，一千七我也會賒你。」阿麗接過鈔票，沒有再點數，直接放進抽屜裡。

「妳怎麼不點一下呢？」

「你數得比我還仔細，不會錯的。」

火旺叔笑笑，沒再說什麼。他向阿麗點點頭，而後摸了摸口袋，緩緩地移動著腳步，內心卻不停地盤算著：剩下的三十元他不能自私地留下來做家用，必須給阿珠做零用錢。女孩子嘛，總得買點面霜或粉餅之類的化妝品來妝扮妝扮；尤其在城裡接觸和來往的人多，與務農的鄉下是完全不一樣的。同村的秀菊早已把頭髮燙起來了，雙頰還抹了一層薄薄的胭紅，看起來就像經常來勞軍的康樂隊小姐一樣漂亮。而阿珠的長相，幾乎是她母親年輕時的翻版。她的體形高眺、膚色白皙又紅潤，挺直的鼻樑加上烏黑的大眼；細眉上那頭娟秀的髮絲，像似有萬種柔情在搖曳。人人都誇母女倆同屬一個美人胎，唯一不同的是：母親秀麗木訥，而她俏麗活潑。一旦加以化妝，再添購幾套時下流行的服飾，絕不遜於秀菊，甚至要比她還美。然而，歲月卻也不饒人。想當年容光煥發的牽手，已被生活的重擔壓彎了腰；額上深深的溝渠，粗糙的雙手、雪霜的髮絲，再厚的面霜和香粉依然覆蓋不住時光留下的痕跡，依然掩飾不住蒼老的容顏，這或許就是所謂：無情的人生歲月吧！身為萬物之靈的人類，不接受也得承受；又有誰能避開這道現實的關卡？又有誰能讓時光倒轉永保青春年華不消逝？或許要問問那無情的光陰、逝去的歲月。

2

年關將屆，各級學校也紛紛地放寒假。罔腰姑仔在台灣讀大學的獨生子林森樑也回來了。

他因為蓄了長髮，出入境證被港警所扣留；必須把頭髮剪短，檢查合格後始能領回。

這在戒嚴時期戰地政務體制下，原本是一樁微不足道的小事，證件被扣留的居民，往往也是敢怒不敢言，乖乖地剪短頭髮再把出入境證領回，以方便下一次出境之用。然而，受過高等教育的林森樑卻不這麼想，始終認為聯檢人員故意找麻煩。除了扣留他的出入境證，翻遍了他的行李袋，竟連一本《中國哲學史》也被查扣。這本書是他選修的一門課中最主要的輔助教材，老師在推薦這本書的時候也曾經提醒過他們：「這本書是在大陸出版的，作者迄今仍然滯留大陸，被當局歸類為「投匪」。台灣的出版商偷偷地把它翻印，雖然沒有印上作者的姓名，亦無出版社的地址，但首頁的序言中，清晰地記載著『上海，14，2，16唐鉞』，在學校閱讀或許沒關係，一旦攜帶出去被安全單位查到，還是會有麻煩的。」

如今，麻煩來了。他原以為這些安檢人員都不是正規的檢調出身——有些是經過短期訓練的戰鬥村警員轉任，有些則是軍中憲兵臨時支援。他們或許只懂得刁民，只懂得在善良的百姓面前耍威風，專查扣一些無關痛癢的東西，挑些雞毛蒜皮小事，事後再找你去問話、通知你去領回。林森樑心裡想：這些狗屁又草包的安檢人員，誰又懂得「中國哲學」這門深奧的學問？這或許也是他勇於把它帶回來的最大原因吧？！然而，他卻低估了他們；先扣留再找證據是這些人常用的伎倆。警總那本厚厚的查禁書刊目錄，以及戒嚴地區軍管時期訂定的一些單行法，是他們的神主牌和護身符。閱讀和收藏投匪作家的作品，該當何罪？這又是一條六法全書裡面找不到的條文。

或許，它的罪名可大亦可小。倘若找對人去關說，大事依然可化小；如果一味地和他們作對，絕對是吃不完兜著走！尤其是身處在這個孤懸於金廈海域的小島上，不僅是戰地，亦是執政者夢想中反攻大陸的跳板。首先蒙受其「恩澤」者，必是純樸善良的島民。在單行法的伺候下，欲加之罪何患無詞！嚴刑拷問後再送明德班管訓，是身歷其境者內心永遠的痛；倘若不依，必用軍法大刑來伺候。這不知是島民的悲哀，抑或是時代的悲哀？

林森樑想過這些嗎？想到它的嚴重性嗎？他雖然受的是高等教育，對於島上一些惡質的文化和陋規，在認知上似乎還有一段差距。他始終不相信：為了一本書會殺了他的頭？當然，殺頭是不會的，但精神上所受的折磨，才是一位知識份子內心難以承受之重。

連續幾次被安全和保防單位傳喚後，他的母親罔腰姑仔更是坐立難安、輾轉難眠，食不知味，憂心的程度不在話下。她左思右想，實在也想不出一個可以助她一臂之力的人。萬一林森樑被關了起來，那要怎麼辦？的確讓她心急如焚，不知所措。突然，夏明珠想起一夥經常穿著便衣來打撞球的大哥哥，聽說是情報隊的人員，住在距離這裡不遠的一個村落。有一位叫劉中立的大哥哥，他們都叫他副組長，不但要認她做乾妹妹，以後如果要到台灣去，還答應幫她排船位、找船票；並且留下西康總機以及他們單位的電話代碼給她。過後甚至有人打趣說：如果有警察想找麻煩，只要提起他的名字，局長也要禮讓和尊重他三分，遑論是那些警員。夏明珠心裡想：當初的言談雖然只是一些玩笑話，並沒有刻意地把它記在心裡，從他們談話的模樣來看，似乎也不像是吹牛。如果能請他們出面關說，森樑哥的事一定很快就能解決的，絕對不會變得那麼複雜。然而，她並沒有立即告訴罔腰姑仔，必須等見到劉大哥再說。

那晚，一輛小吉普車停在罔腰姑仔的店門口。劉大哥一夥又再次光臨這方撞球場。夏明珠見了他們趕緊迎過去，迫不及待地走到劉大哥的身旁，低聲地對著他說：

「劉大哥，有點事想請你幫個忙。」

「妳儘管說。」劉大哥信心十足地回應她。心裡也同時想著：這個小女孩的請託，還會有什麼辦不了的大事！

得到劉大哥善意的回應，夏明珠神情嚴肅地把林森樑這段時間所發生的事，向他陳述了一遍，其他人也聚精會神地聆聽著。

「小妹，妳放心啦！」劉大哥搖搖手，輕鬆地說：「這種事對我們來說已是司空見慣，芝麻小事一樁。只是，有些人喜歡拿著雞毛當令箭，耍耍威風，整整自己的鄉親。」

「小妹呀，副組長說得沒錯。」留平頭的王大哥接著說：「妳年紀還小，涉世未深，不要以為金門人會袒護著金門人、照顧著金門人，有些簡直比外地來的還要壞！」

夏明珠如同一塊未染色的白布，她希望的只是得到劉大哥的協助，讓森樑哥平安無事，讓罔腰姑仔免於憂心。對於他們的批評和尖銳的話，聽來只是一臉的茫然，無從回應。執法者依法執法，是無可厚非的事，她也不清楚有些金門人為什麼會比外地來的還壞？為什麼金門人不懂得袒護著金門人、照顧著金門人？這是他們主觀的認定和看法？還是真有其事？一連串的問號在她腦裡盤旋著，然她並沒有迫切地想求取答案。

白小成長於農村，學校畢業後來到這個新興的城鎮，她並沒有遇到什麼重大的挫折和麻煩。每天面對著那些在綠色絨布上滾動的七色球，閒暇時陪罔腰姑仔聊聊天，偶爾的向她請個假和同村的秀菊出去吃碗冰、看場電影，好幾個月來，她的生活就是在這種單純的環境下度過。雖然她也見過警察，但似乎不像他們所說的那麼惡質。每天他們會巡街二次，唯一的是要店家把地掃乾淨，把垃圾桶排放整齊；晚上十點戒嚴時，他們也會猛吹著口哨，要店家關門打烊，不得讓燈光外洩。或許她們較善良，對於警察的要求是百依百順，不敢逾矩。而其他商家是否也如此呢？倒也不盡然，警民的爭吵聲依然時有可聞。是商家不服取締？還是警察的服務態度惡劣，要求過於苛刻？有人甚至等他們走後，再以三字經破口大罵，來出口怨氣。最常聽到的是「幹伊老母，金門人欺負金門人」這句粗話。然而，她置身的是在事外，站在二個不同極端者，往往公說公有理，婆說婆有理，似乎是很自然的現象。當有一天她受到不平等的待遇時，勢必也會有反抗的聲浪，這也是人類心靈中最原始的反應。

第二天，劉大哥的吉普車又停在囝腰姑仔的店門口。他並沒有下車，坐在指揮座上向夏明珠招招手，她興奮地跑了過去，接過一包用舊報紙包裹的東西。

「小妹，妳交代的事替妳辦好了，書也拿回來了。」

「謝謝你，劉大哥。森樑哥不會有事吧？」夏明珠向他點著頭，心中依然有所疑慮地說。

「放心吧，不會有事的。」劉大哥堅定地說。

夏明珠揮手送走了劉大哥，迫不及待地往林森樑的房間走去。只見囝腰姑仔也在他的房間裡，母子倆無語地面對著，落寞和無奈同時寫在他們的臉上。這是一個不一樣的年代，不一樣的社會。任你有滿懷理想、滿腹經綸，也必須學習做一個乖乖的順民。別以為多讀幾年書、多識幾個字，頂著大學生的頭銜，扛著知識份子的旗幟，想與當權者抗衡。一位看來小小的警員和憲兵，他們卻能在數百位鄉親離船上岸時呼風喚雨，要你排隊站好、要搜你的身、要檢查你的行李、要查扣你的物品，要把你送法辦簡直是易如反掌。戒嚴、軍管、戰地，讓這個小島失去自由和民主。司令官的一句話，比六法全書裡面的任何一條法律還管用。軍民同唱：「反攻、反攻，反攻大陸去！」，老幼同呼：「蔣總統萬歲、萬歲，萬萬歲！」。發霉的戰備米，黃麴毒素殘存在鄉親的體內發酵，讓鄉親快速地步上死亡的路途。這是一艘航行在金廈海域不沉的戰艦？但願是真實，而不是諷刺。

「森樑哥，書拿回來了。」夏明珠輕輕地把書放在桌上，「沒事了。」

林森樑和罔腰姑仔興奮地站起，母子倆久久說不出一句話。

「阿彌陀佛，阿彌陀佛。」終於罔腰姑仔啟開了金口，雙手合十快速地唸著：「阿彌陀佛，阿彌陀佛，阿彌陀佛。」最後又是一連串的：「佛祖保庇，佛祖保庇，佛祖保庇！」似乎忘了是夏明珠請託來的功勞。

「謝謝妳。」林森樑微微地向她點點頭，而後快速地拆開舊報紙，左手托著書，右手快速地翻了一頁就停下，臉色回復剛才的嚴肅。原來書裡那篇書寫著日期的序文已被撕下了，雖然不影響內文的閱讀，但畢竟已成為一本殘缺不全的書。心中雖有懊惱，但繼而一想，總比被沒收、被叫去問筆錄好多了。一會兒，他又展現出喜悅的歡顏，但也讓他意識到，戒嚴軍管時期社會的黑暗面。

一個撞球場的計分員，憑著她清麗的面貌，透過她的人際關係，竟然能在一夕間化解掉一個複雜而棘手的問題。在戰地，在這個反攻大陸的最前哨，一旦提起情治單位，一旦提起那些專門收集資料、打小報告的情治人員，何止善良的百姓懼怕，政府官員也得禮讓和懼怕他們三分。夏明珠這個小女孩，終究是找對了人，雖然他們的官階不大，但他們卻擁有人人畏懼的權勢。僅「思想有問題」、「言論偏激」這二頂死無對證的大帽子，足可讓你的身心承受生命中難以承受之重；往往進了牢門，還搞不清自己犯了什麼罪。而劉大哥他們是否真的別無所圖，只單純地接受夏明珠的請託來幫這個忙？試想：天下那有白吃的午餐，尤其是這些戒嚴時期的毒蟲和吸血鬼，專搞白色恐怖，惟恐天下不亂，吃定善良的百姓。公理正義已泯滅，他們想伸張的是什麼？圖的又是什麼？或許，只有他們自己知道，只有他們心裡明白。

3

年關將屆，家家戶戶忙著辦年貨過新年，駐軍也忙著殺豬宰牛準備加菜；部份戰士則必須留在營區加強戰備，以防敵人乘機來襲。因而，來撞球的人似乎減少了很多，生意也相對地清淡了。吃過晚飯後，林森樑卻主動而從容地邀請夏明珠到「僑聲戲院」看電影；尚是處女心的她，的確有點受寵若驚。雖然，大學生一直是她心中的偶像，大學生活也是她企盼與嚮往的，但畢竟今生已與大學絕了緣。然而，面對著眼前這位很有個性、很少講話的「頭家囝」，初中畢業的夏明珠更不知要如何來應對。從他放寒假回來的這段期間，似乎很少外出，每天在自己的房間裡看書做筆記，不知是真用功？還是所謂的「書呆」和「書蟲」？如果不是這些因素，那便是個性的使然，與前些時那些不愉快的事或許無關。

「去看吧，反正今晚也沒生意。」夏明珠尚在猶豫時，罔腰姑仔適時敲了邊鼓。

地笑笑。

夏明珠看了林森樑一眼，巧而她投射的目光，正好在他的眼簾裡。他們相視而不自在

他們相偕地走在靠右的街道上，林森樑只不過高出夏明珠半個頭。然他端正的五官，復加一份年輕的帥氣，緊扣的黑框眼鏡，更顯現出一種非凡的書生氣質。而她清麗的臉龐，高䠷的身軀，烏黑的長髮披肩，更有一份脫俗之美。如此的一對青年男女，倘若冠上庸俗的郎才女貌，並非不當，而是恰到好處。

剛過十字街，夏明珠早已看見同村的秀菊站在受雇的店門口。這下可糟了，她心裡正想著，不知要如何向她解釋才好。

「明珠，妳要到哪裡去呀？」秀菊轉頭看見了她，高聲地喊著說。

「去看電影啦。」夏明珠微微地瞄了身旁的林森樑一眼，而後低聲地說：「妳要不要一起去？」

「要我去當電燈泡？」秀菊指著自己的鼻子，笑著說：「我才不幹！」

夏明珠的臉上，感到有一陣無名的熾熱，這是她第一次和男孩子一起看電影，偏偏讓同村的秀菊碰到。雖然她和林森樑談不上有什麼關係，她之所以接受同來看這場電影，純粹是看在罔腰姑仔的份上，而不好意思拒絕。然而，生長在這個民風純樸的島域，年輕男女走在一起，不得不接受異樣眼光的投射，倘若有人想品頭論足，也不得不由人，這就是

這個社會唯一的自由和特色。

林森樑倒是落落大方地笑著，一副無所謂的模樣，畢竟他在台灣已足足待了三年，是一個見過世面的大學生。尤其台灣是後方，生活安定，社會開放，許多電影裡的情節正是台灣社會的翻版；到處可見男女手挽手在街上漫步，或在公園裡相偎依。而這個小島是封閉的，處處仍然瀰漫著炮火煙硝，雷區和禁地在居民的四週環繞。下海要蚵民證、出港要漁民證，同一個國度不同的省份，往返還要辦出入境證。來往一水之隔的大、小金門，也要村里公所出具證明。一個家庭中擁有許多「證」並沒有什麼稀奇；一大堆管制物品的名稱，居民均可朗朗上口、如數家珍。在這種體制下生活久了，人民的心似乎也麻痺了；而麻痺成了自然，自然成了習慣，老一輩已無所謂，新生代卻無可奈何。「民防訓練」、「灘頭作業」、「義務勞動」、「自衛戰鬥演習」，形成一個刻板、教條，沒有尊嚴的社會。青年男女正常的交往，或許是看場電影、吃碗冰吧。遠一點的，就靠綠衣郵士來傳遞感情，倘若想談論國家大事，涉及敏感問題，小心，警總的郵檢小組隨時等著你，保防課的大門隨時為君開，軍事看守所是不講情面和人權的。不識相的朋友們：歡迎你們的光臨！一旦進去，想說聲「再見」也難。關於這些瑣碎的家鄉事，林森樑誠然不清楚，總聽人家說過吧。然而，他似乎和其他讀書人一樣，滿腹牢騷，敢怒不敢言，甘心做一個無聲的島民。此次寒假返鄉，發生那些不愉快的事，對一位知識份子來說，不知是恥辱，還是教訓？或許，時光會告訴他們一切的！

他們剛找到座位，莊嚴肅穆的國歌隨即響起，林森樑也隨著音韻低聲地哼著。然而，他的眼角卻不時地輕瞄著右邊的夏明珠，同時聞到一股從她身上散發出來的幽香。這份淡淡的幽香，與一般粉香是截然不同的，它來自一顆純潔的心靈，來自一個少女的心扉。數年來的尋覓，幾天來的觀察，真正能讓他動心的莫非是身旁這位純純的少女？雖然他們的學歷差距著一段距離，但她的思維敏銳，談吐不俗。況且，學歷與賢妻良母並無關連。擁有高學歷的女性，並非個個都是稱職的好主婦；往往一些相夫教子、肯為家庭犧牲奉獻、發揚母愛光輝的女性，非但不必具備高學歷，甚且，還有很多是文盲，她們依然能發揮母性的天職，把兒女撫養成人。雖然他在學校也有要好的女同學，倆人曾經編織過一個美麗而動人的美夢；然而，那個夢卻如過眼雲煙，轉瞬間就失去了蹤影，徒留一地相思。繼而地又是一個綺麗的夢，那女孩缺少的是少女的純真，以謊言替代溫柔，把男人當凱子、把愛情當遊戲，誤以為金門青年多金又好欺。林森樑嘴哼著、心想著：飄浮在眼前的方是一幅幽雅的景緻，以及一個醉人的美夢，他應當以誠相待、用心去追尋？還是讓這個機會從他的指隙間溜走？林森樑陷入一片迷思。

中間的扶手雖然把他們的身軀隔離，但他的右手肘和她的左手肘有時卻不經意地碰在一起。林森樑如觸電般地心中暗喜，夏明珠總是很快地把手縮回去，心中似乎沒有林森樑的影子存在著，心海裡更是平靜無波。她聚精會神地注視著銀幕，今天放映的是一部西洋文藝片，她必須依靠字幕始能明瞭其中的劇情。當初並非因自己對該片的喜好而來觀賞，純粹是跟著林森樑這位大哥哥一起來的。在夏明珠眼裡，林森樑是大學生，水準高又懂得洋文，看起洋片不必費神；而她卻是被捉來做伴的，況且，她又是他們家雇用的計分員。試想，一位高學歷、高水準的大學生，會看中她這位卑微的店員？尤其大學裡的校園、校風都是開放的，學生是在一個極端自由的體制下受教；下課後，成雙成對的男女同學總會聚在一起聊天，或在優雅的校園裡談情說愛，讓美麗的校園平添幾許羅曼蒂克的氣氛。憑林森樑帥哥型的外表，功課好、經濟又寬裕，必然會吸引許多女同學的注意；交個女朋友，或許是輕而易舉的事，無論風水怎麼轉，也不會輪到她這位初中生。因而，夏明珠從未幻想過和林森樑之間會衍生出一份什麼式樣的感情，倘若說有，那便是兄妹之情吧！從他放寒假回來後的這一段時光，她內心裡的感覺的確是如此的。然而，不一樣的時空，往往會改變人的一切，日久生情更是常有的事，誰敢說大學生不能與初中生結成連理，一切端看他們對感情的體認，其他似乎不是問題。倘若說不能，那便是個人對愛的詮釋不盡相同，對感情心存疑惑，以及命運的多舛。

看完這場電影，夏明珠的腦海裡依然是空洞的一片。對於片中的角色，似乎也尾隨著散場的人群，消失在漆黑的戲院裡，沒有一點印象。反而是林森樑，他卻能從片中領悟到幸福的真諦，以及男女主角熟練而精湛的演技。進場時有純情的夏明珠陪伴，散場時有動人的情節在腦裡迴盪，掛在他唇角的那份笑靨久久依然沒有消失。或許，今晚是他放寒假回來後最美的一個夜晚，他不僅陶醉在動人的電影情節裡，更沉醉在夏明珠淡淡的髮香裡。倘若兩人能在這幽靜的街道上漫步，那該多好；只是戒嚴宵禁的時間快到了，武裝的憲警已上路，不一會就有刺耳的哨音響起，如果不想惹事生非，不想被羅織一個莫須有的罪名，快快回家絕對是上策。

別忘了，這是一個晝夜分明的社會，一盞盞的照明燈，盞盞都要套上紅黑雙層的燈罩；惟恐燈光外洩，讓對岸發覺到可襲擊的目標。然而，可能嗎？一間深二十公尺的商店，外又有三公尺的騎樓，更不是什麼軍事重地或碉堡要塞，任憑敵人有千里眼，他們依然會有軍事上的考量，亦會有重要性與選擇性的攻擊目標，難道還會像八二三炮戰時那麼瘋狂又胡亂地掃射？當權者何曾未想過這些粗淺的作戰要領，如果不這樣來劃分，或許就不能凸顯出戰地特有的色彩，隱姓化名的司令官，又怎能坐擁擎天山寨，當上這個島嶼的寨主。純樸善良的島民，一接到鄰長的通知，就仿佛接到聖旨般地遵循，只差沒有下跪接旨而已；誰敢抗命，誰敢不從，除非有皇親國戚做後盾，除非復古燃起那盞微弱的「土油燈仔」，要不，就乖乖地做一個戰地政務體制下的順民吧。願蒼天賜福於生長在這塊島嶼的人們，阿彌陀佛。

4

在所有的民俗節慶中，過年是比較隆重的。居民加上駐守的十萬大軍，把這個孤單的小島炒得熱鬧滾滾；尤其是正月初一的那天，防衛部在金門中學運動場舉辦民俗遊藝表演競賽，分甲、乙兩組舉行。金東、金西、南雄、金中、烈嶼等五個師列為甲組。海指部、空指部、炮指部、後指部、防炮團列為乙組。各參加單位莫不使出渾身解數，爭取最高榮譽。除了舞龍、醒獅、踩高蹺、划旱船外，還有武術和儀隊的表演，看熱鬧的觀眾把整個運動場擠得水洩不通。表演結束後，他們會轉到各駐守的鄉鎮或村莊，向商家或住民拜年，往往受拜者也會依習俗送上一個紅包向他們致謝，這也是軍民在這個島上同舟共濟、水乳交融，軍愛民、民敬軍的最好寫照。

夏明珠回家和父母團圓吃過年夜飯後，第二天一早又匆匆回到罔腰姑仔的店裡。她知道每逢駐軍放假，打打撞球、看場電影是他們唯一的消遣，過年這段時間，放假的人多，生意一定會更好。雖然她沒有放假，但罔腰姑仔並沒有虧待她，除了一個三百六的大紅包外，又買了一件新款式的短大衣送給她，並承諾要讓她補假。夏明珠的勤奮乖巧以及善解人意，的確讓罔腰姑仔疼愛有加。林森樑頻頻地向她獻殷勤，吃飯時幫她夾菜，打烊時幫她刷球檯、排球桿；兩人時而低聲細語，時而有說有笑，儼若是一對戀人，她全都看在眼裡，只是裝著不知情而已。如果不是學歷和年齡的差距，兩人倒是滿相配的，罔腰姑仔雖然有如此的思維，但她繼而地一想，女人只要賢慧就好，況且她還是初中生，絕對不是一隻「青瞑牛」；男大女小原也是很正常的事，她為什麼還要操這個心。一旦娶回一個高學歷的千金小姐，還真不好伺候呢；到時不僅要幫她煮飯，甚且還要幫她洗衣！婆婆變下女，是她難以接受的。如果能娶到夏明珠這樣的女孩做她的兒媳婦，那是再好不過了。但這似乎言之過早，森樑還要一年半才畢業，工作、事業尚無著落；明珠是否會繼續留在她的店裡工作，一切都是未知數，未來的變化實在很大，屆時再坦然來面對吧。

初一晚上，罔腰姑仔要夏明珠提早打烊。她並沒有把年夜飯的剩菜重新熱鍋，而是另行煮了好幾道佳餚，只因為夏明珠昨晚回家吃團圓飯，沒有在店裡過年。少了夏明珠，母子倆像少了什麼似的，匆匆吃完年夜飯也就各自回房休息；今天夏明珠回來了，彷彿才是他們過新年的開始。

夏明珠今兒一早，就穿上罔腰姑仔送給她的那件棗紅色的短大衣。白色的高領毛衣緊緊地裹著她那豐滿的身軀，黑色的喇叭褲、足登的是半高跟鞋，微曲的髮絲，似乎是不久之前才燙過，雙頰抹上一層淡淡的胭紅，更顯現出肌膚的白皙。林森樑偷偷地看了她好幾眼、好幾眼，一個美的影像也同時深植在他的內心裡。雖然與她相識僅只那短短的二、三十天，但朝夕的相處、坦誠的交談，已縮短了他們之間的距離和隔閡，相信他們的感情也會與日俱增。

雖然年後他將赴台繼續升學，然他將藉著書信的往返，來傾訴對她的思慕之情，增加彼此之間的瞭解。唯一讓他感到不安的是：一個十八歲的純情少女，她是否禁得住這個社會的迷惑和考驗？尤其她身處在一個特種行業的環境裡，每天進出的客人複雜，營業的對象大部份都是一些在島上服役的充員戰士，他們來自台灣的各縣市，從訓練中心結訓後分發到這個島嶼；他們戲稱是中了「金馬獎」，除了部隊移防外，陸軍必須服役二年，海、空軍則須三年始能退伍返台。這個與廈門僅一水之隔的小島，被定位是「前線」，它的任務特殊，其中最主要的一個就是——反攻大陸。因而它的紀律嚴格，任務繁瑣，從「海防班哨」到「反空降堡」，必須二十四小時輪值和監視。打坑道、挖壕溝、築碉堡，把一些公子哥兒鍛練成一個鋼鐵般的革命軍人。相對地，在生活和精神方面卻是枯燥乏味的軍旅生涯。因而，每當任務完成或假日，總是迫不及待地往城鎮裡跑。看場電影、打桿撞球，或到特約茶室去紓解、去發洩一下壓抑已久的性慾。當然，這些「英勇的三軍將士」他們的水準也參差不齊，固然有許多學有專精的優秀青年，亦有開口「幹」、閉口「幹」的大老粗，老一輩的阿嬤叫他們「台灣豬」。還有一些是吹牛不犯法的「蓋仙」，他們抓住純樸善良又沒有出過遠門的少女的弱點，把她們耍得團團轉，騙取她們的感情；甚至還有無知的少女被騙失身。這些保衛金馬的英勇戰士，雖然帶給島上繁榮，但也為這個樸實的島嶼製造不少紛擾，留下不少污點。林森樑的憂心，並非沒有理由，但一切得看夏明珠的應變。

三人圍在一張方形的餐桌上，桌上擺滿著罔腰姑仔親自烹飪的佳餚。城鎮和鄉村，富裕和貧窮往往不能取得一個平衡點。一盤紅燒蹄膀、一條清蒸黃魚，讓夏明珠想起貧窮的家境，想起母親的蒜仔炒米血以及荀干焢豬頭骨。罔腰姑仔嘴裡輕嚐的是益壽酒，而父親口中喝的是米酒頭仔。夏明珠想著、想著，情不自禁地悲從心中來，但她還是強忍了下來，新年是不能流淚的，她自己安慰著。

「來，明珠。」罔腰姑仔夾了一隻雞腿，放在她的碗裡說：「這隻雞腿給妳。」

「謝謝您，阿姑。」夏明珠重新把雞腿夾起，對著林森樑說：「給森樑哥吃吧。」

「我有。」林森樑拿起碗，在夏明珠的眼前晃了一下說。

「妳用不著客氣，」罔腰姑仔啜了小小的一口酒，而後幽幽地說：「今天雖然是初一，但吃的好像是年夜飯一樣。光我們母子二人實在太單調了，三個人圍在一起，才像是一個完美的家。桌上的菜都是新煮的，不是昨晚的剩菜，只要對妳的胃口，就儘管吃吧。」

「阿姑，您知道，我生長在一個貧困的農家，平日是粗茶淡飯，年節才能吃到一些價格較低廉的豬頭肉或五花肉，以及一些較不新鮮的次級魚類；像今晚那麼豐盛的晚餐，不怕您見笑，它是我生平第一次吃到。」夏明珠坦誠地說。

「只要妳喜歡，就把它當成是妳自己的家吧。」罔腰姑仔說。

「您和森樑哥都對我那麼好。阿姑，這點恩情我會永遠記住的。」

「不要說這些客氣話。」罔腰姑仔搖搖手說：「人是有感情的，大家能相處在一起，也是佛家所謂的緣份，彼此都要珍惜。」

夏明珠含笑地點點頭。

林森樑夾了一塊肉，悄悄地放進她的碗裡。夏明珠深情地看了他一眼，那眼裡閃爍的是一道純情少女的光芒。而無情的時光已從炮竹的餘聲中偷偷地溜走，留下一個新的未來在人間。不管它能幻化出什麼，悲也好、喜也罷，人們始終無法與它相抗衡，只能默默地承受和面對。倘若不屈服，一味地想突破它的關卡，向無形的命運挑戰，最後傷重的，必然是自己。

5

過完年，旅台的鄉親以及在台求學的莘莘學子，又得搭船趕回工作崗位或準備開學。

年後的第一航次往往是一位難求，如果能搭上有「開口笑」之稱的登陸艇已算幸運啦，還想搭「太武輪」?!這是一般無權無勢的小百姓的想法。太武輪顧名思義搭載的是軍人，以及少數戰地政務委員會屬下的公教員工。然而，船上怎麼會有漂亮的小姐在走動？她的行李就在「孝」艙裡。那是「校」級軍官的艙位，不但有單人的床鋪，時而有服務人員遞茶送水；三餐時辰一到，還有早點和飯菜，原來她是副司令官的乾女兒，名叫楊貴妃。而那位妝扮得妖嬌美艷的小婦人又是誰呢？據說在眾人之前是副主任的乾女兒，私下卻是乾妹妹，她的名字叫潘金蓮。當然，船上還有李瓶兒，蘇小妹……等等之流的名女人，她們靠的是什麼關係，鄉親心知肚明。然而，港警所的員警誰敢阻擋她們上船；安管中心那些搞保防、搞反情報的人員，誰膽敢去調查她們？當然，有了她們來相伴，讓航行在大海裡的太武輪永不寂寞，讓船上的海軍弟兄永不孤單。而一些婦孺老弱，用幾張舊報紙鋪在登陸艇的底艙或甲板，歷經二十餘個小時的海上顛簸，忍受著暈船與饑餓的雙重折磨，有誰會去憐憫她們、關懷她們呢？幸好，認命的鄉親都能自求多福，從不怨天尤人，只因為搭船不必付費，哪有權利再計較，無論再怎麼地辛苦也必須忍受和接受。

林森樑靠著夏明珠和副組長的關係，也拿到一張太武輪「愛」艙的船票。罔腰姑仔興奮的程度遠遠勝過林森樑，她不斷地向左鄰右舍炫耀自己的兒子坐上了太武輪，相對地也引來許多羨慕的眼光——這是用錢買不到的殊榮。然而，他們也知道，這是權勢與顏面之間的較量，所有受益者的光環必須依靠它來照耀，只因為權勢已凌駕了一切。而罔腰姑仔是否想過：副組長果真是誠心誠意幫林森樑排船位、找船票？還是基於其他因素？她真的是茫然不知；只知道這條街，除了她的孩子外，沒有人能夠坐上太武輪。「副組長人真好」，從頭到尾罔腰姑仔腦中想的，似乎沒有別的，只有這句簡簡單單的話。然而一個人的好壞，似乎很難從外表來上判定。什麼人是好人？什麼人又是壞人？往往也會憑藉著個人主觀的意識來認定。副組長因打撞球而認識了純情的夏明珠，時間久了兩人也以乾兄妹來相稱。自從幫林森樑取回那本《中國哲學史》後，他們好幾次來打球，夏明珠都擅自做主，沒有收取他們的撞球錢；當然，罔腰姑仔也從未計較，充分尊重夏明珠的決定。副組長他們是否因此而銘記在心，那也不盡然，有一次李上尉還當著夏明珠的面說：

「小妹，不是我說大話，也不是向妳吹牛。不管我們到阿美、阿娥、阿秀、阿雪、或阿香家打球，她們都不會收我們的錢。」

「真的？」夏明珠訝異地問。

「不信，妳可以去打聽、打聽。」

夏明珠半信半疑地沒有再問其因，當然也沒有立即去探個究竟，直到有一天她問了同村的秀菊，才解開了謎題。

「妳是說穿便衣，經常在街上閒逛的那些人？」秀菊問。

「不錯，就是情報隊的那些人。」夏明珠說。

「那些人一個個高高在上，神氣的模樣讓人噁心。」秀菊激動地說：「打球不給現錢要賒欠；久了就裝迷糊，不認帳！老闆還誤以為我們揩油呢。」

「他們很吃得開耶。」夏明珠緩緩地說：「森樑哥寒假回來時，出了一點小麻煩，副組長很快就把事情擺平了。」

「這些人吃肉又吸血，少跟他們套交情、打交道，絕對錯不了！」秀菊依然氣憤地說。

夏明珠並沒有把這些話告訴罔腰姑仔，也沒把它當一回事，始終認為秀菊的言詞太激烈了一點，似乎對他們懷著很深的成見，夏明珠並沒有問明詳情。心想：自從認識他們後，每次撞完球，他們都搶著要付費，從未欠過帳，更沒有像秀菊所說的吃肉又吸血那種情事；偶而的也只是開些無傷大雅的玩笑。然而她突然間想起，秀菊在外面已工作了好幾年，無論社會經驗和觀察能力，樣樣都比她強，或許她曾經吃過他們的虧？抑或是有充分的理由可佐證他們不欲人知的醜陋面？李上尉為什麼又要告訴她，別家撞球場不收他們的撞球錢呢？難道是在暗示什麼？還是要討回那些剛施放出來的人情？夏明珠內心裡不禁萌起了許多疑問。

正月初九的那天，罔腰姑仔敬好了「天公祖」，隨即就把那隻大公雞剁去頭腳，斬成四大塊，加了一些當歸之類的中藥燉了一鍋。心想：夏明珠正值青春期，需要更多的營養來增強她的體能，將來一旦成了她的兒媳婦，好為她多添幾個白白胖胖的小孫子。慢火燉了好一會兒，當歸的香味溢滿著整個房間，莫不讓人垂涎三尺。臨近中午，李上尉一夥人來了四位，副組長並不在列，罔腰姑仔正好在店裡走動著。

「阿姑，」李上尉笑嘻嘻地對著罔腰姑仔說：「燉什麼呀？好香唷。是不是要請客啊？」

「燉的是雞，」罔腰姑仔禮貌而客氣地說：「馬上好了，你們就留下來吃吧。」

「我們四個人呢，」李上尉瞄了其他人一眼，接著說：「妳燉多少呀，夠我們吃嗎？」

「一大鍋，」罔腰姑仔用手比劃著，以為他們在開玩笑，不在意地說：「夠吃啦。」

站在一旁的夏明珠，並沒有出聲，只微微地抿著嘴，露出一絲怡人的笑靨。然而她再怎麼思、怎麼想，依然料想不到他們真的留下來。四人斯斯文文地均分了整隻雞，又把罔腰姑仔捨不得喝的半瓶益壽酒也喝得精光，為她們留下的是一個雞頭、一副雞爪，以及少許的內臟和湯。幸好這些食客都不是她邀請的，倘若是她的一番客氣話而形成如此的局面，那不知要怎麼辦才好。罔腰姑仔眼睜睜地看到如此的景象，內心雖有不悅和不捨，但也無可奈何。實際上他們也幫過不少忙，用這隻拜過天公祖的雞來請請他們，也只是順水人情，吃完也就算了，以後再找機會另外買一隻，燉給明珠進進補吧。

吃完雞又打了好幾桿撞球，臨走時直誇罔腰姑仔燉的雞好吃。然而他們不知是忘了，還是故意不付球錢，夏明珠似乎也不好意思開口，或伸手向他們要，任由他們從容地走出店門。罔腰姑仔看看夏明珠，兩人無語地苦笑著，這份人情不知要什麼時候才能還清？今天請的只是他們一夥的部份，副組長才是幫助她們最力的一個人，而他卻沒有吃到罔腰姑仔燉的雞，最近也很少來撞球。罔腰姑仔曾經想過，要打聽打聽看看他什麼時候回台灣休假，準備送他兩瓶高粱酒略表感謝之意，以便將來有求於他。

往往，人的思維會有出其不意的感應，副組長請人帶話來，他將於後天返台休假，請罔腰姑仔就近幫他買二條黃魚，六瓶玻璃大麴酒，四瓶益壽酒，錢待他休假回來再算。罔腰姑仔得到這個訊息，趕緊交代市場的魚販，無論價錢多少，一定要幫她留二條新鮮的黃魚。至於大麴酒和益壽酒處處都可以買得到，她還另備了兩瓶高粱酒要送給他。

那天一早，副組長坐著吉普車親自來了，夏明珠見了他，趕緊跑出去為他開啟車門。

「劉大哥，好久不見了。」夏明珠笑咪咪地說。

「小妹，好久不見了，妳好嗎？」副組長下了車，輕輕地拍拍夏明珠的肩膀，微低著頭說：「請阿姑幫我買的黃魚和酒，不知買了沒有？」

「全部買到了。」夏明珠邊走邊說：「阿姑也裝好了箱，等你來拿呢。」

他們進了屋，罔腰姑仔也快速地迎了出來。

「麻煩妳了，阿姑。」副組長含笑地說：「多少錢休假回來再跟妳算。」

「沒關係，沒關係。」罔腰姑仔搖搖手笑著說：「你幫了我們很多大忙，這點小事算不了什麼啦！裡面有二瓶高粱酒是送給你的。」

「阿姑，妳不要那麼客氣嘛。」副組長看看地上的紙箱，而後頓了一下，對著罔腰姑仔說：「在台灣有沒有需要我效勞的地方？」

「沒有、沒有。」罔腰姑仔快速地搖著手說。

「小妹，妳呢？」副組長又朝向夏明珠。

「謝謝你，劉大哥，沒什麼事啦。」

夏明珠提了一個較輕的紙箱，駕駛協助她放在吉普車的後座。裡面堆放著大大小小，好幾包的行李，似乎不像是休假，而是調差和移防。然而誰又能管到這些呢，軍中的事不是她們所能明瞭的。是休假、是調差、是移防，她們也沒有懷疑的權利。

副組長的身影隨著時光走遠了，十天的假期也過去了，但依然見不到他休假回來的蹤跡。竟連那夥人，也很少在罔腰姑仔的撞球場裡出現。經過打聽，原來副組長輪調了，調到二軍團政四科當參謀。聽到這個消息，她們內心裡難免會有些兒懊惱和生氣，夏明珠更有一份難以釋懷的愧疚。一切的禍端均始於她，倘若沒有和他們認什麼乾哥乾妹，以及不求助於他們，絕對不會發生這種被騙的糗事。原來人與人之間的互動，均脫離不了現實生活裡的利害關係，儼若是商場上的交易，講的是投資報酬率。然而他們「明」的羞於啟口，「暗」的卻什麼都要，表面看來是一個堂堂正正的革命軍官，暗地裡則如同是一條吸血蟲。如此的偽君子，必將被這個社會唾棄。

「這些人吃肉又吸血，少跟他們套交情、打交道，絕對錯不了！」秀菊的一番話不停地在夏明珠的腦裡迴盪著，迴盪著……。

6

一年一度的自衛隊訓練又開始了。夏明珠回到戶籍所在地的村公所，領了槍、鋼盔和S腰帶，穿上迷彩服到守備區指定的地方參加集訓。

「自衛隊」的前身是「民防隊」，在戰時它除了要支援國軍作戰外，平時則擔負著保家衛鄉的重責大任。因此對於年度自衛部隊的訓練，它的要求不僅嚴格也倍加慎重。倘若有不聽指揮，不服管教，違抗命令者，必將移送軍法究辦。移送者絕不跟你囉嗦，亦不跟你多講理由；被移送者絕對沒有理由可講，更無管道可供申訴，只有乖乖地接受和承受軍法大刑的伺候。因為這個島域是戰地，是「反攻大陸」的最前線，它擔負的是一個神聖的歷史任務，這個任務猶如青蒼翠綠的祖國河山，美麗、莊嚴！

自衛隊訓練業務雖然由「自衛總隊部」承辦，但實際上則委由駐守在各鄉鎮的守備區指揮部來主辦。所有授課教官或助教，均由守備區遴選調派；訓練期間採軍事化管理，一切講的是服從，因為服從是革命軍人最大的天職。以前必須自備午餐，此時卻蒙受蔣總統的「恩賜」，每天發了一個便當，除了填飽飢餓的肚皮，也讓全體受訓的隊員感受到政府的「恩澤」，更增強了反攻大陸的「決心」。因而，全體隊員都更加賣力地學習，教官也適時搬出了《教戰總則》來闡述訓練的要旨，他說：「訓練乃戰力之泉源，戰勝之憑藉，全體隊員應本良知血性，自覺自動，從事訓練，期成勁旅。部隊訓練以準則為依據，以練力、練技、練膽、練心、練指揮為要著，務期求實求精，從嚴從難，以建立部隊訓練之優良傳統；培養勇猛頑強之戰鬥作風。尤須針對敵情，摹擬實戰，以實人、實物、實時、實地、實情、實作，採對抗方式勤訓苦練，而達超敵勝敵之目標。」教官所說的，幾乎與訓練期間排列的課程表大同小異。唯一的差別是男隊員著重於作戰實務的演練，女隊員則偏重於救護的操作，其他如政治課、軍法常識、射擊以及基本動作，男女都必須參與，而且排列的時數也不少。在政治課上，教官說：「敵人講仇恨，我們講仁愛；因為仁愛可以勝仇恨。敵人講分化，我們講團結；因為團結可以勝分化。敵人講欺詐，我們講誠實；因為誠實可以勝欺詐。敵人講滲透，我們講調查；因為調查可以勝滲透。敵人講鬥爭，我們講互助；因為互助可以勝鬥爭。」教官年年做如此的詮釋，實際上能默記下來的隊員並不多，倒是在軍法常識裡，那一條條軍律讓人膽顫心驚：「有守土之責，未奉令擅自棄守者，處死刑。臨陣退卻或託故不進者，處死刑。敵前被判逃亡者，處死刑。反抗命令或不聽指揮者，處死刑。……處死刑。……處死刑。」許許多多的軍律，條條通往死刑的路途，把純樸善良的島民們壓得喘不過氣來。因為他們始終沒有忘記，他們的家鄉就是戰地，稍有不慎，那些毫無人性的軍律，條條都是他們的致命符。

夏明珠高眺的身軀，依隊伍的排列往往都在前頭。雖然她只有初中畢業，然她學習認真，領悟力又強；在課堂上，教官若提出問題，經常自告奮勇站起來答覆，加上她清純又娟秀的面龐，格外引人注目。實際上在這個隊伍中，唸過小學的佔多數，甚且還有幾位是目不識丁的文盲，也因此更凸顯出她的不凡。在「救護」這個課程裡，無論是止血、繃帶包紮、三角巾使用、按上夾板以及心肺復甦等等，她不僅專心聆聽，動作也熟練，對教官更是謙虛有禮。因而擔任授課的少尉醫官王國輝對她是另眼相看、讚揚有加，印象也特別地深刻。

王國輝今年剛從醫學院畢業，經過短期的軍事訓練後，就抽中了「金馬獎」，被分發來到這個島嶼，在守備區的醫務所擔任少尉醫官。他的長相斯文，談吐優雅，學有專精，每堂課的講述都有豐富的內容。能與這些戰地兒女們在一起討論簡易的急救課題，他的內心充滿著難以言喻的喜悅。然而，又有誰能洞察到他的內心想的是什麼？自從離家來到這個小島後，他迄今仍然感到難以適應。尤其軍中生活既單調又苦悶，日子過得枯燥乏味，預官的役期雖然只有一年，但他卻有度日如年的感覺。當他看見夏明珠時，深深被她那清純脫俗的影像吸引住。想不到在這個孤單的小島上，竟然有如此清麗貌美的佳人。近乎七年的學生生涯，他所見到的似乎僅是一些庸俗的角色。任她們的學歷再高，任她們的家境再好，任她們化上再艷麗的粧，抹上再高貴的粉，依然不能與她相媲美。或許，這只是他此時的幻想、無聊時的想法，他那位端莊婉約又秀麗的女朋友，正等待著他退伍後一起出國留學呢。在心靈空虛的時候，在孤單寂寞的時候，倘若能找到一個臨時的伴侶，或是一個閒暇時談心的朋友也是不錯的，至少在這漫長的軍旅生涯裡，能暫時紓解一下被壓抑的情緒。王國輝想著，想著：為什麼一個受過高等教育的醫科畢業生，也是未來懸壺濟世的醫生，竟然會有如此的思維？於是他低落的情緒不斷地往下沉，沉向一個不齒又矛盾的世界，沉向一個無恥又下賤的深淵裡。

人，有時是不可思議的。當他的內心感到最苦悶的時刻，往往會有異於常態的思維和想法。下課後，王國輝腋下夾著一本講義，竟然主動地走到夏明珠的身旁。

「教官好。」夏明珠看見他，禮貌地向他點點頭說。這似乎是很自然的舉動，她並沒有刻意地迴避。

「夏小姐好。」王國輝臉上滿佈著燦爛的笑靨，點著頭說：「妳對救護這堂課，學習得很有心得。無論綳帶的包紮、三角巾的使用，不但方法正確，動作也很嫻熟。有妳這位那麼優秀的學員，我實在很高興。」

「謝謝教官的誇獎。」夏明珠說著，雙頰浮起一絲熾熱的微紅。

「家住那裡？」王國輝問。

「幹訓班就在我們村莊裡。」夏明珠簡潔地答。

「原來是臨海的那個村莊呀，」王國輝興奮地說：「剛來時曾經在那裡受過二星期的訓。村莊雖小環境卻很好。雜貨店的老闆娘叫阿麗，對不對？我們經常到她店裡買東西。」

「不錯、不錯，就是那個村莊。」夏明珠高興地說，彷彿是遇見了知己。

「奇怪，我在那裡住了二個禮拜，怎麼沒見過妳？」

「我在新市工作，很少回家。」

「難怪喔，」王國輝放低了聲音，沈默了一會說：「妳的氣質跟她們不一樣。」

「沒差啦，都是鄉下人。」夏明珠謙虛地說。

「一個人的外表和氣質是假不了的。」王國輝鄭重地說，繼而地又問：「做什麼工作呢？」

「在撞球店當計分員。」夏明珠坦誠地說。這不僅是她的工作，亦是她的職業，並沒有什麼好掩飾的。

王國輝沈默了久久，心裡想著：好一個標緻的女孩，竟然在彈子房工作。常在這種場所進出的，多半是一些形形色色、三教九流的不良份子。所謂近朱者赤，近墨者黑，她是否能保有那份清純？猶如這片沒有被污染過的土地一樣潔白。

「有空來玩。」夏明珠笑笑，露出一口潔白的牙齒，很誠懇地說。

而就在此刻，上課的哨音正好響起，也暫時中斷了他們的談話聲。這堂課不再是救護，而是男女學員混合的課程，由作戰官擔綱，講解軍人在營的一些基本觀念，以及行動規範、奉行事項和戰備規定。其中讓學員印象最深刻的莫過於是「步哨守則歌」，作戰官以宏亮的聲音、感性的言詞，除了一句句講解，作最完美的詮釋外，並要隊員一遍遍跟著唸：「哨兵手中不離槍，兩眼凝神望敵方，不准閒談不准坐，不准吸煙不准臥，長官來時不敬禮，監視敵方最要緊，長官若要問何事，面向敵方回答之，敵持白旗從外來，令他停止步哨外，令他放下手中槍，令他轉面向敵方，一人向他作監視，一人迅即報長官，夜間有人從外來，預備射姿問是誰，若問三聲還不答，立即開槍射殺之，友軍人員歸還時，先令停止步哨外，連絡記號求辨證，檢查清楚始准進，發現敵人隔得遠，迅速鳴槍作報告，警戒應戰要機警，儘量遲滯敵前進，撤退路線要隱匿，適時歸還抵抗線。」這堂課雖然上得很輕鬆，但始終沒有人能把這首歌默唸出來。這些守則句句都隱含著防敵滅敵的要領，是一位哨兵所不能忽略的。一到戰時，自衛隊必須支援國軍作戰，所有任務均須與正規部隊綿密配合，沒有一項能幸免。站哨看來簡單，但要成為一個優秀的哨兵，如果不遵循這些守則，不貫徹始終，淪落成一個僅能嚇唬小鳥的稻草人，勢必失去它的意義，更對不起當初研擬這套守則的參謀們。然而，列位參加集訓的隊員他們是否有如此的思維？倒也不盡然。下午五點下課後，他們的晚餐在哪裡？家中大小老幼的生活費在哪裡？緊閉的店門、失鮮的魚肉、腐爛的蔬果，如何能把顧客引進？山上的牛羊正等待主人來餵食，田裡的作物正等待播種者來灌溉。商家的苦、農家的痛，婦人的怨、孩子的淚，又有誰會來憐憫他們呢？儘管如此，他們依然得高聲呼喚著：「蔣總統萬歲　萬歲　萬萬歲！」

7

青年節是國訂紀念日。小島上的軍、公、教，以及學生都援例放假一天。來往新市的公車班班客滿，計程車也沒得閒；窄小的街道萬頭鑽動，電影院的售票口排著長龍，大部分都是穿著草綠軍服的阿兵哥，帶給這個小城鎮無數的商機和熱絡的景象。人群裡有一位戴著眼鏡，俊逸又帥氣的青年軍官，正東張西望地尋找著撞球店。他並非來撞球尋樂或消磨時間，而是來尋找一個美麗的身影。為了保持男性以及軍官的尊嚴，他並沒有挨家挨戶、鬼頭鬼腦地探望著。只以無所為而為的輕鬆腳步，踏進一家家的撞球店，觀望球客們的球技，順勢尋覓著他欲找尋的影像。

然而，他基於什麼理由呢？或許「無聊」和「玩玩」是他最好的詮釋。而無聊最好的療效是什麼？或許是找異性聊天，從異性身上得到慰藉和溫暖，便能填滿內心的空虛，排除身心的寂寞。尤其身處在這個小島上，他的家人、他的親戚、他的朋友，當然也包括他的女朋友在內，誰會知道陪他玩樂的是一位彈子房裡的小姐。逢場演演戲、在戰地留留情，玩玩島上的姑娘，是一件多麼浪漫的事啊！反正一年的役期很快就屆滿，一旦退伍後隨即出國留學，誰能找到他，誰能奈何了他；不玩白不玩，玩了白玩，沒人會知道的。這是一位未來醫生孤處在戰地，忍受不了枯燥、寂寞的軍旅生涯，幼稚而不智的想法。

「夏小姐。」終於他在一間不起眼的撞球店裡看見了她。

「王教官，」夏明珠手中拿著粉筆，從座位上站了起來，興奮地說：「今天放假啊，請坐。」

「謝謝妳。」王國輝微微地向她點點頭說：「今天客人很多，妳忙吧，改天再來拜訪妳。」

「真不好意思。」夏明珠看了看週遭，的確擠滿了球客與觀眾，如此的場面，實在也不是談話的好地點、好時機。於是她接著說：「反正你已經知道地方了，有空常來玩。」

「會的。」王國輝輕輕地向她揮揮手，低聲地說：「再見！」而後緩緩地移動著腳步。

「再見。」夏明珠含情脈脈地看了他一眼，微揮著手說。

目送王國輝的背影消失在她的眼簾裡，夏明珠恨不得把店裡的客人全部趕出去。她心裡想，來那麼多人幹什麼，害她和王國輝講不到三句話。然而她也相信，王國輝一定會再來的，因為她已看出，他眼裡閃爍的，似乎有一絲微妙的光芒。從外表看來，他與森樑哥是二個不同典型的人。雖然對他瞭解不深，對他的家庭背景不熟，但從他能唸完醫科來看，家中的經濟一定不惡，本身勢必也是一個聰穎優秀的現時代青年；她何其有幸，能交到一位未來的醫生朋友。對於這份友誼，她絕對不輕易放棄，甚且還要主動去追尋，就彷彿是追尋一個心靈上的伴侶一樣。她知道，森樑哥對她的愛意明朗，三、二天一封信，裡面充滿著甜言蜜語，隱藏著無數的情意。

但人有時則必須做一番比較，並非她用情不專，並非她朝三暮四，她已達到法定年齡，亦有自由選擇朋友的權利。台灣，這個美麗的寶島，一直是她嚮往的地方。它的進步和繁華有目共睹，豐富的物產、便捷的交通，開放的社會、良好的治安，讓它成為亞洲最富裕的國家之一。如果有機會，她是多麼地想到台灣看看呀！雖然此時身處在一個不一樣的地方，處處設限和管制，申請出入境證並非易事，它的理由既荒謬又牽強。有錢有勢的社會人士，一年出入好幾次，小百姓卻任由他們刁難。這是一個不完美的社會，這是一個急待改革的社會！不知何時何日，始能擁有自由身？

王國輝再次出現在夏明珠的眼前，是在一個雨天的午後。原來他是到防衛部洽公而路過這裡。罔腰姑仔午睡未醒，店內只有夏明珠一人，正無聊地翻閱著一本舊雜誌。

「夏小姐。」王國輝站在門檻外，跺跺腳上的泥濘，順手取下軍帽，用力甩了一下帽中的雨水，興奮地叫著。

「王教官，是你。」夏明珠笑咪咪地迎了出來說：「下那麼大的雨，你到哪裡去啦？」

「專程來看妳啊！」王國輝笑著，撒了一個甜蜜的謊。

「真的？」夏明珠訝異地看了他一眼，而後比了一個手勢說：「請坐，我給你倒茶去。」

「不用麻煩，坐一會就走，我得趕三點半的公車回部隊。」他搖搖手說，順勢坐在記分牌旁的一張長椅上。

夏明珠不再堅持，在她原來的椅上坐了下來。

「夏小姐……」

「不，」沒待他說下去，她搶著說：「叫我明珠。」

「好，妳也不能叫我王教官。」

他們相視地笑笑。

「最近忙嗎？」王國輝問。

「還好啦。」夏明珠有些兒無奈地說：「就是不能離開。」

「如果有機會的話，妳可以考慮轉換一下工作環境。」他關心地說。

「為什麼？」她不解地問。

「妳不覺得這裡的環境稍為複雜了點。」王國輝坦誠地說：「依妳的氣質和美貌，若想換一份工作，相信是不會太難的。」

「曾經有人要介給我到百貨店工作，但我沒答應，因為阿姑待我實在太好了；我不能那麼無情無意，說走就走。」

「有時似乎也不能顧慮到那麼多。水往低處流，人往高處爬，這是很正常的事。」王國輝深情地目視著她，又繼續地說：「坦白說，妳長得那麼美，那麼有人緣，將來物色的對象，必也是層次較高的男人。一旦人家知道他的女朋友在彈子房工作，那是一件多麼不體面的事啊！倘若有一天我們在一起，試想一個軍官他能經常泡在這種場所嗎？尤其滿屋子擠滿著一些雜七雜八的人，想和妳講幾句話都困難，遑論能說什麼內心話。」

「說來也是。」夏明珠沉思了一會，略有同感地說：「以前我倒沒有想過這些問題，當初我的爸媽也是反對我在這種地方工作。經過你今天的提醒，讓我領悟到很多，以後如果有機會，我會考慮的。」

「明珠，妳的善解人意讓我十分感動，希望我們會成為一對要好的朋友。」

「但願如此，希望你不要嫌棄。」

「能夠在這個小島上認識妳，那是我料想不到的。這或許也是佛家所謂的緣份，我會寫信告訴我的爸媽，讓他們也能分享這份喜悅。希望不久的將來，他們能看到美麗又純樸的金門姑娘。」

「那可能是很久以後的事了。」夏明珠笑著說。

「不會很久。」王國輝嚴肅地說：「人與人之間的感情是很難預料的，只要真心相待，往往能超越一切、凌駕時空。」

「感情的衍生必須依靠時間來推進，你的看法似乎很簡單。」夏明珠抿著嘴、笑著說：「我們才認識短短的幾十天，所知道的亦只是彼此的名和姓而已，其它的卻是一無所知，更談不上『瞭解』這兩個字。」

「或許妳想的只是它的表徵，實際上我們的內心早已有對方的影子存在著。」

「你怎麼知道？」夏明珠說著，雙頰感到有點熾熱。

「我讀過心理學，很多情侶都是在第一印象裡產生的。」王國輝很有自信地說：「相信我們也是。」

「那必須要經過時間的考驗。」夏明珠說。

「時間不是問題，人才是最主要的因素。妳不覺得我們雖然只認識了那麼短短的時光，此刻卻如多年的老朋友一樣，談笑自如。」王國輝緊接著說。

夏明珠猛而地發覺王國輝的言詞竟然是那麼地犀利，畢竟未來的醫生是不一樣的，他正一步步蠶食著她的心靈。他沒有猜錯，她的內心裡早已有他的影子存在著，只不過是為了要保持少女的自尊而羞以表白罷了；她的面目竟然讓他一眼就拆穿，她的心竟然那麼快就被他摸透。好厲害的王國輝啊，她心裡如此地想著。

坐在回部隊的公車上，王國輝的心裡直笑著，想追這個女孩似乎不成問題。只因為她太單純，過於相信虛假的甜言和蜜語，甚至缺乏一顆防備的心，這是她最大的弱點。而他是否忍心來騙取她的感情呢？尤其是一個那麼純情的女孩子，往後他面對的，必是人性與獸性間的距離和選擇，以及內心無數的掙扎。最後他想擇取的，不知是人性還是獸性？這是一個他必須面對又難以取捨的問題。一個無恥又悲哀的醫生啊，他的道德何以會淪喪到這種地步！果真是為了那孤單寂寞的軍旅生涯，而腐蝕了聖潔的靈魂，讓他有不健康的思維和想法，讓獸性吞噬了理性？

8

時光隨著歲月的更迭失去蹤影，感情隨著歲月的消逝與日俱增，這是一個必然的定律。夏明珠交了一個「台灣兵」，在她們那些姐妹淘裡已不是新聞，而是眾所皆知的事。罔腰姑仔看在眼裡，心裡更不是滋味，原以為這個女孩既乖巧又懂事，與森樑也相處得不錯，如果將來能成為她的媳婦，那真是再好不過的了。平日對她更是百般照顧，對她的家庭也是關懷有加，想不到她的變化竟是那麼地快。幸好林森樑陷入夏明珠這個愛的旋渦裡並不深，當他知道她正與台灣兵仔打得火熱時，很快地就把這份原先充滿著希望的愛情割捨掉，從此不再寫信給她，夏明珠這個名字也逐漸地從他的記憶裡失去，唯一想說的是：這個女孩太純潔了，其他的說多了似乎也沒什麼意義。

俗話說：女大十八變，而夏明珠並沒有兩樣，這是罔腰姑仔對她的看法。每天不管有沒有客人、有沒有生意，總有寫不完的信。當然她知道，這些信絕不是寫給她的孩子林森樑，而是那個看來有點滑頭的台灣兵仔。這個兵仔經常來找她聊天，尤其是中午沒人時，兩人時而低聲細語、時而有說有笑，雖然她聽不懂，也因為重聽的關係聽不清楚他們在說些什麼，但從他們興奮的表情來看，所談的絕對是他們的內心話。有時看她只顧著聊天而無心做生意，她實在很生氣，幾次想把她辭掉；但繼而地一想：要找一個會做生意的小姐的確也不易，如果請到一位手腳不乾淨的小姐，一天揩個幾塊錢油，那才「衰」呢，至少夏明珠不會來這一套，她絕對不會冤枉人的。然而，老闆亦有老闆的原則和尊嚴，有一次為了請假的事說了她兩句。

「妳不是前天才和那個台灣兵仔去看電影嗎？今天又要出去，未免太過份了一點吧！」罔腰姑仔很不高興地說。

「阿姑，不好意思啦，我今天要陪國輝到金城去一下，很快就回來。」夏明珠知道自己理虧，向罔腰姑仔解釋著說。

「不是我說妳，明珠。」罔腰姑仔轉弱了聲音，站在長輩的立場提醒她說：「交朋友要睜大眼睛，這些台灣兵仔是一支嘴糊累累，不要被騙了。」

「不會啦，阿姑。我又不是三歲小孩，怎麼會受騙。王國輝讀過大學，是學醫的，將來退伍回台灣後就可以當醫生，他不會騙我的啦！」夏明珠辯解著說。

「妳爸媽知道妳們的來往嗎？」罔腰姑仔關心地問。

「不知道，」夏明珠搖搖頭，苦笑了一下說：「要是讓他們知道，準被罵死！」

「我還是要勸妳，少跟這些台灣兵仔來往。他們按的是什麼心，久了妳就知道。將來吃了虧，會後悔一輩子的。」

「我們只是朋友而已，不會出什麼事啦。」

「坦白說，要交朋友、要找對象，還是本地人較可靠。」罔腰姑仔以她的經驗坦誠地說：「況且妳還年輕，不要那麼急嘛。」

「我沒有急啊。」夏明珠無奈地笑著說。

「看你們親熱得像七月的火燒埔，還說沒急。」

「時間過得很快，他已經來了半年多，再幾個月就退伍啦。」夏明珠解釋著說：「常在一起聊天，是為了彼此多一分瞭解，我們並沒有您想像中那麼親熱呀。」

「但願妳不要受騙才好。」罔腰姑仔淡淡地說，似乎不願意和她再談下去。然而她也想過：如果讓她繼續下去，萬一將來出了事可不是鬧著玩的。尤其是這些無聊的台灣兵仔，絕對心存不軌，看她善良、純樸又好欺，只不過是抱著一種玩弄的心，絕對不是真感情的流露。試想：一個未來的醫生，他會娶一個沒有學歷又沒見過世面，在彈子房計分的小姐？實在是令人懷疑。因此，罔腰姑仔不得不去找當初介紹夏明珠來工作的秀菊，希望她能勸勸她。

「秀菊仔，妳出來工作已經好幾年了，每天在店裡進進出出的人也不少，對那些台灣兵仔也非常清楚。明珠交的那位朋友，看起來不是很老實，萬一將來出了事，不知要如何向她父母交代。」罔腰姑仔對著秀菊說。

「阿姑，不瞞您說，我也勸過她好幾次了，她總是不聽。整顆心好像被那個台灣兵仔迷住似的。」秀菊有點兒激動地說：「人家是大學生，家裡又有錢，聽說早已有女朋友啦。來這裡當兵無聊，一張嘴滑溜溜地亂吹亂蓋，像一個花心蘿蔔，偏偏明珠就信他那一套。」

「感情這種事有時是很難講的，說不定他們是真心相愛，但這些日子來我感受到壓力很重，生意也明顯地差了很多。明珠是妳介紹來的，妳幫我再勸勸她，請她專心點，也不能三天二天請一次假；要不，我只好另外找人啦。」罔腰姑仔說了重話。

「阿姑，明珠家的環境您知道，這份薪資對她家來說是很重要的。我會好好勸勸她，務請再給她一次機會。」秀菊說。

「明珠如果能像妳那麼冷靜、懂事就好了。」罔腰姑仔淡淡地說。

夏明珠是識相的，經過秀菊的勸說，雖然做了一些改變，但對王國輝的戀情依然處於癡迷的狀態中，這也是旁人無法理解的事。王國輝曾經告訴她，退伍後馬上開業當醫生，屆時會把她接到台灣去一起生活，甚至也會把她的父母親一起接過去，不會讓他們在金門受苦受難。對於未來，他用虛擬的筆，描繪了一張美麗的藍圖；用甜言蜜語，編織了一個如詩如畫的夢境。當然，夏明珠是相信的，因為她已被這場虛假的愛情騙昏了頭，日日夜夜、時時刻刻做著留台夢。當她一覺醒來時，不知是喜悅在心頭，還是一場惡夢剛開始。

王國輝的行為和舉止，終究是逃不過反情報隊那些人的眼線，反映資料已送達師部保防部門，經過監察單位調查發現，他不僅經常擅離職守，還數次抄小路、走後門，規避衛兵的檢查，大膽地把夏明珠私自帶回醫務所。雖然沒人知道、也沒有充分的證據證明他們在裡面做什麼，或曾經發生過什麼事，但違反軍紀已是不爭的事實。

除了被記過處分外，又被調到一個較偏遠的山區，一個人住在一間漆黑的碉堡裡，負責看管和維護一些老舊的醫療器材。階級雖不變，任務卻繁鎖，碰到裝備檢查更是忙得不可開交。尤其孤處在一個小山頭，旁邊雖有友軍，亦有一座座的墳墓，每到夜晚，那盞微弱的燭光更讓他心生恐懼和不安。因而，他想起在醫務所那段輕鬆的日子，每天來醫護的官兵可說是寥寥無幾，但他卻沒有好好地利用時間來進修、來準備醫師考照。雖然他已參加過托福考試，家中亦有足夠的經濟能力讓他出國留學，更有一位論及婚嫁的女友要伴他遠渡重洋，向醫學的最高峰邁進。然而為了這短短的役期，為了來到這個小島嶼，他的心身彷彿失去了平衡，成為人人欲誅之的頹廢青年。他沒有了理想和方向，唯一夢想的是從女性身上發洩被壓抑的性慾。而不幸，首當其衝的是一位夢想美麗新世界的純情少女，她迄今還不知道在她身邊的是一隻沒有人性的狼。她一顆純潔的處女心已被這匹無恥的狼所吞噬。不久他就退伍返鄉，投入另一個女人的懷抱。雖然他告訴她的是一個真實的地址、真實的姓名，但在短期內，她想橫渡台灣海峽並非易事，當她找上門來，或許他已經踏上異國的土地了。這個可憐又無知的少女，被玩了、被耍了、被騙了，還不自知。剎那間王國輝腦裡，又浮現出夏明珠清純的影像，一遍遍，如浮雲飄搖在天際。

「少尉，這個碉堡曾經有人自殺過。」有一次，友軍的一位小兵，神情嚴肅地告訴他說：「小心點，據說裡面有鬼。」

雖然他不在意，也不相信有鬼神的存在，但每逢夜深人靜，無論是遠方的野犬聲，或是碉堡外的風吹草動，都曾經讓他從睡夢中驚醒。是碉堡裡面有鬼？還是他的心裡有鬼？每當日落西山、夜幕低垂的時候，他總是不停地思索著，也企圖從繁複的腦海裡，尋求一個完整的答案。然而這個答案是不存在的，世間有輪迴，佛家講報應，這段時間裡，他是否做了違背良心、背叛道德的事？要不，心中為什麼會有鬼神的存在，神魂為什麼會得不到安寧，身軀為什麼會被囚禁在這方陰暗的小天地裡？他瘋狂似地吶喊著：有鬼、有鬼、有鬼！他不停地呼喚著：有鬼、有鬼、有鬼！原來他置身的是在一個恐怖的惡夢裡。當他夢醒時，是否會洗滌沾滿污泥的雙手，淨化一顆醜陋的心靈，閉門思過，向蒼天懺悔，重新面對這個美麗的新世界。

然而，他已不能，他的心已被現實的情景矇蔽，唯一在他腦中盤旋的只有「玩弄」二個字，因而他不計後果，為尋找自身的快樂而不惜付出任何代價；為發洩壓抑的性而背叛道德和良知，只因為來到這個苦悶的小島嶼，讓他無所適從的軍旅生涯。一個未來的醫界菁英，在未投入職場時，為什麼會先得到一個醫學名詞裡鮮少出現的病症，讓他的心身亮起一盞難以熄滅的紅燈，或許這個病症必須待他解甲歸鄉時方能痊癒。而那個受傷的小心靈呢，或許將擁抱一顆破碎的心含恨終生。倘若老天有眼，讓惡人無所遁形，勢必不會辜負信眾對祂虔誠的膜拜。但往往祂卻與一切生靈背道而馳，信眾所祈求的，多數也事與願違；好人沒好報，惡人依然在人間消遙，見怪不怪的善男信女只好坦然面對、了然於胸。如果沒有更好的詮釋，凡事要認命便是他們最好的安慰。

9

好幾次回家，夏明珠始終沒有勇氣向家人提及她和王國輝的事。從她的妝扮上，他們也看出孩子是長大了，不再是一個未見世面的小村姑，而是一個亭亭玉立的大小姐。在父母的眼前，夏明珠表現的，依然是一副乖巧又懂事的模樣，父母雖然放了心，但也時時刻刻不忘叮嚀她幾句，聽在夏明珠的耳裡似乎也不是新鮮事。然而父母能做的畢竟只有這些；她已經長大成人，在外的一切言行和作為，都必須自己來負責和承擔。她不可能偎依在父母身旁一輩子，父母也不可能用繩索來繫住她的心。她有她的選擇和理想，能遠到台灣和王國輝生活在一起是她永不改變的心願。

她始終不明白罔腰姑仔和秀菊，為什麼會處處往壞的方面想，老是說台灣兵不可靠，總是說王國輝不老實。如果她沒猜錯，罔腰姑仔是為了她和林森樑分開而心存報復，想來破壞她們之間的感情；秀菊可能是因自己不中用，在外面工作了好幾年，連個男朋友也沒有，今天見她覓得如意郎而心生嫉妒，吃起了乾醋。她們愈想破壞，她愛王國輝的心則愈堅強，絕對不容許任何人從中作梗。想想，不久就能到台灣去了，這是一件讓人多麼振奮的事啊，全金門只有她夏明珠是幸運的，相信未來也是幸福的。夏明珠日日夜夜做著同樣的夢，而美夢是否能成真，幸福是否能到來，夏明珠似乎從未想過這些，只因為她的夢幻太天真，誤解了愛的真諦，沒有認清這個充滿著虛偽和假面的世界。

在偏遠的山區沈潛了一段日子，王國輝並沒有記取教訓、悟得真理；相反地，對於軍中那套管理模式更加厭煩，但卻也無可奈何。他已兩個禮拜沒有休過假，每天過著枯燥苦悶的生活，時時刻刻與那些老舊的槍械彈藥在一起，從早到晚，聞到的是一股濃濃的火藥味和銅銹味。幸好距離退伍的日子已不遠，倘若繼續下去，他的精神一定崩潰。雖然他的女友經常來信鼓勵和安慰，但他的心依然是難以平復的，只有和夏明珠在一起，才能讓他得到紓解和發洩。然而，這個純潔無知的小女孩，是否前生虧欠了他，還是造了什麼孽，注定要成為他精神慰藉的工具。無論在家裡、在學校，父母和師長教他的，除了要規規矩矩做人外，更要具備高尚的品德。而此時，他不但忘了父母和師長的教誨，在近一年來的軍旅生涯裡，更做了一百八十度的急轉彎。今天難以彌補的傷害已經造成了，他是否願以一顆誠摯的心來面對一切，還是選擇規避，把後果留給夏明珠一個人來承擔。因為責任不是單一的，他並非用暴力來獲得夏明珠的心，該怪夏明珠沒有睜大眼睛來拆穿他虛偽的面目吧。當初他只是抱著玩玩的心，迄今依然是如此的，想不到他一箭就射穿了夏明珠的處女心，甚至還深入她的內心世界，得到他此生從未有過的快感，他相信夏明珠的感受也是如此的。

求學時因受限於高道德標準的牽絆，他和女友之間也近乎點到為止，想不到在這個孤單的小島上，竟能讓他享受到人生最大的樂趣，為他單調的軍旅生涯，添上一些美麗的色彩。然而這份從天而降的禮物，是否很快就從他的記憶中消失，還是讓他永記在心頭？或許，他的羞恥心已破滅，人格已淪喪，不久即將和這個小小的島嶼說再見；這段時間的所做所為，除了夏明珠外，是不會有其他人知道的。況且，為了顏面、為了不讓這份醜事曝光，相信夏明珠也會守住這個秘密的。屆時他必將光榮退伍，從戰地榮歸，回到闊別已久的家鄉，受到親朋好友熱烈的歡迎，夏明珠的身影必將從他的記憶中消失，回復他和女友之間纏綿的戀情，規劃他們未來要走的路途，其他的，與他何干！

難得有一個假期，王國輝來到夏明珠的店裡。夏明珠見到他，喜悅的眼神更加地明亮。

「我們出去走走。」王國輝低聲地說。

「客人那麼多，怎麼向阿姑開口。」夏明珠低聲地回答他。

「管它的，再做也做不了幾個月啦。」王國輝向她使了一個眼色說：「我在老地方等妳。」說完後轉頭就走。

夏明珠面對著如此的情景，的確是讓她左右為難。然而她想到王國輝此刻需要的是什麼，心中想的又是什麼，從他的眼中可看出，他乞求的是一份憐憫的愛，渴望的是心靈上的慰藉，這些都是她不計後果，偷偷地給過他的。而此刻，罔腰姑仔會讓她放下生意，出去和情人幽會嗎？除了撒謊，除了編一個符合邏輯的謊言，來矇騙這位對她照顧有加的老年人外，別無他途。從小父母再三教誨和叮嚀的，莫過於做人要誠實，絕對不能說謊。近二十年的歲月她始終牢記在心頭，時刻把它奉為金玉良言來遵循，不敢逾越。而今為了要滿足一個男人的需求，她是否要違背父母的意旨和庭訓，說一次謊。一旦破例，勢必會有第二次、第三次，甚至淪落成一個牧羊的孩子，謊言說多了終究會被狼吃掉。

夏明珠望著在檯上滾動的七色球，時間也隨著記分板上變動的數字而溜走。她的心裡嘀咕著，為什麼王國輝絲毫沒有考慮到她的處境，連最起碼的尊重也沒有。凡事要依他，要以他的意見為意見、以他的觀點為觀點，從未替她想過。這種主觀意識強烈的大男人主義者，是否能成為她終身的伴侶和依靠？為什麼她從來沒有思考過這個問題！像孩子般、更像著魔似地任由他來擺佈，把一顆最珍貴的處女心也赤裸裸地給予他。是貪圖他的才華，想做醫生娘？還是貪圖他家的富有，想做少奶奶？抑或是依然做著一個幼稚的留台夢？罔腰姑仔的忠告，秀菊的善言，她竟然一句也聽不進去，甚且還錯怪了她們。王國輝是否真心的愛她？如果是真愛，凡事必須替她著想，而不是每次見面，只為了滿足他某一方面的需求，把她當成是一種發洩的工具。尤其她在性知識方面是貧乏的，萬一有一天、有一天讓她懷了孕，勢必無顏見人。雖然王國輝再三地向她保證：他是學醫的，也曾經修過這方面的學分，要她放鬆心情，絕對不會出事的，但她依然提心吊膽，深恐有一天會撞到鬼。

夏明珠衡量得失後決定不去赴約，她不想每次都受王國輝的擺佈，也不能愧對罔腰姑仔。在她尚未取得王國輝任何承諾和保證時，她不能擅自離開，讓罔腰姑仔把她辭退；也不能失業，只因為貧困的家境需要她這份薪資來貼補家用，更不能讓年邁的雙親失望。況且，台灣這條路離她愈來愈遠，自己能否平安抵達，還是一個未知數，遑論要把他們接過去一起生活。她似乎已發覺到，王國輝並沒有她想像中的那麼誠懇和老實，每次見面都是擇他所需，語言之間時有閃爍或答非所問，對於他的家庭也刻意地迴避，不願多談，夏明珠對他的瞭解幾乎是少得可憐。而王國輝也從來沒問過她的家庭狀況，或要求去拜見她的父母，一心一意僅在她的身上打轉；用甜言做餌，又在旁邊灑了些蜜語，她竟然輕易地上了他的鉤。

如今她已不再是一個聖潔的處女身，全身上下都是骯髒的；這個骯髒的身軀必須由王國輝親手來把它洗淨，一切後果也必須由他來承擔，別以為金門女孩是好欺負的。或許多數人都能理解到夏明珠的憤慨，但這個過錯又有誰能替她承擔？倘若她在這場戰爭中受到傷害和失敗，是否有勇氣再站起來，還是讓鄉親等著看笑話？夏明珠的內心裡，不但充滿著矛盾，更有悲觀的思維和想法。然而擺在眼前的事實讓她恥於逃避，唯一自我安慰的是：這場戰爭尚未結束，何須那麼快論輸贏。她還是相信：王國輝絕不是一個無情無義的負心人；台灣不僅是美麗的寶島，亦是人間的天堂。

久久的等待，殷切的期望，王國輝再怎麼想也想不到夏明珠會失約，一份無名的失落感很快地爬上心頭。他的內心煩燥鬱悶，眼見難得的假期很快就要結束，歸營的時間也逐漸到來，這隻百依百順的小綿羊，是否已發覺到他心存不軌，在欺騙她、在玩弄她。果真他那顆虛偽的心已被拆穿，醜陋的面目也同時現形，這是他始料不及的。然而這場戲已開鑼，他是戲中的主角，雖然沒有劇本，也不知往後是悲、是喜，或是對人生的另一種嘲諷，但絕對不會有好結局。再過不久，當退伍令拿到手，當返航的登陸艇鳴起了氣笛，他會站在甲板上，向這個美麗的小島嶼揮揮手，高聲喊著：「再見了，夏明珠。」當他下了船，十三號碼頭的圍籬旁，又會有一雙白皙的小手朝著他揮動。王國輝想到這裡，得意地笑笑，這場戲最大的輸家必是夏明珠，他只不過耍了一點小手段，費了一點小功夫，夏明珠就任由他來擺佈，任由他來玩弄。今天她失約，但明天很快就來到，後天也在不遠處，機會永遠是靠人的智慧來創造，夏明珠只不過是這個複雜、現實社會裡的一張白紙，或是一塊未經雕琢的璞玉，實難判斷人性的善惡和真偽，當這齣戲結束時，許是悲情人生方才開始。

10

夏明珠雖然從人生和人性之間悟得一絲真理，但畢竟她已踏上錯誤又難以挽回的第一步。失身於王國輝是她內心永難磨滅的痛，眼看王國輝退伍在即，她不得不和他講個清楚。

那天，王國輝的役期已滿，並順利地辦好了移交手續，但必須等候航次始能如願返台。在候船的期間裡，只要不違反軍紀，天天均可外出，彷彿就是休假。巧而，在清港的前一天，夏明珠也有半天的假期，他們來到鄰村郊外一個破落的豬欄旁。豬欄裡早已不見豬影，泥地裡也長滿著野草，旁邊一株高大楓樹，是深秋最後的一株火紅。這裡人煙稀少、清靜難得，也是他們幽會的老地方。

「回到台灣，我會盡快的寫信給妳。」王國輝深情地說。

「但願你不要騙我。」夏明珠淡淡地說。

「這段時間來，妳好像在懷疑我。」

「在冥冥之中，我似乎感應到這是一場沒有結局的愛情。」

「不會的，明珠，妳要相信我。」

「或許我是太過於相信你，才會不加考慮地把整個身子也給予你。」夏明珠別過頭看了他一眼說：「希望你不要忘了先前對我的承諾。」

「我不會忘的。待我安頓好、找到工作後，馬上把妳接到台灣，完成妳的心願。」

「你不是說退伍後，馬上就可以開診所，當醫生賺錢嗎？」夏明珠疑惑地問：「為什麼還要找工作？」

「我又改變了主意。」王國輝撒著謊說：「決定先到外面工作一段時間，吸收別人的經驗，然後再自已開業。」

夏明珠雙手托著腮，面無表情地沈默著。

「我們的事，我會先稟告我的父母親。」王國輝堅決地說：「相信不會拖太久，也會給妳一個滿意的交代。」

「我一直害怕我的肚子……。」夏明珠恐懼地看了一下腹部。

「不要怕。」王國輝信心十足地說：「我是學醫的，這種事我清楚。每一次我們都是在安全的範圍裡行事，絕對不會有什麼誤差和意外。」王國輝說後，緊緊地揉住她的腰，安慰她說：「妳放心，不會有事的。」

「萬一……。」夏明珠依然不放心地。

「沒有什麼萬一的。」王國輝打斷她的話，而後低下頭，在她的髮上輕輕地吻了一下說：「妳盡管放心，相信我的話永遠錯不了。」

「國輝，我的身子已完完全全被你所佔有，你可不能沒有良心，回到台灣後就不管我了。」

「傻瓜，從認識到現在我一直是深愛著妳的。」王國輝用手輕撫著她的髮絲，雙眼卻凝視著遠方，嘴角含著一絲輕浮的笑意說：「我們的未來和計劃，我不是說過好幾遍了嗎！無論天涯海角我會等著妳的，但也希望妳能快點辦好出境證，以免夜長夢多。」

「你是怕我變心？」夏明珠急促地問：「還是你會變心？」

「不，都不是。」王國輝搖著頭說。

「你是知道的，我們家在台灣既無親又無戚，又沒有什麼充分的理由，想出境並非易事。除非我們先訂婚，再用訂婚證書提出申請，這是唯一較可行的辦法。」夏明珠憂心地說。

「退伍的喜悅把我沖昏了頭。」王國輝的心裡隱藏著一份恥以表明的暗喜說：「我忘了這是戰地。」

「這對我們金門人來說是不公平的。」夏明珠憤慨地說。

「或許是吧。」王國輝冷於地說：「回到台灣後我會盡快地說服我的家人，讓我們先訂婚。」

「說服？」夏明珠疑惑地問：「你不是說你的父母很高與你交了一個金門女孩嗎，難道他們不同意？」

「他們很高興我們做朋友，其他的事我還沒有向他們提起。」王國輝聲音低低地說：「相信不會有什麼問題的。」

「不要忘了你對我的承諾，我是經不起任何打擊的。」

「不要想得太多，也不能做傻事，凡事只能往好的一方面來想。別忘了，天無絕人之路。」王國輝內心有些不安，輕輕地拍著她的肩，安慰她說。

「或許是我的想法太幼稚，也是我人生錯誤的第一步，為什麼會發生這種事。迄今我的父母尚不知他們的女兒已非完璧之身，而玩弄她的男人馬上又要離開這個地方，未來的日子不知要如何的過下去。」

「明珠，不要說『玩弄』這兩個令人傷心的字眼，妳難道還感覺不出來我是真心愛妳的？！我們選擇自己愛做的事並沒有錯，況且，這也是愛的最高昇華。」

「愛有時是很難下定義的，猶若這個多變的社會一樣，讓人沒有安全感。」

「今天從妳的談話中，我深刻地感受到妳的思想成熟了很多。」

「這或許是人生的一個過程吧，每做錯一件事似乎就增一智。有時不得不為自己想；想起往後要面對的必是一條坎坷的路途。」

「不要想得太悲觀。」

「我全身充滿著罪惡，哪有悲觀的權利。」

「不，妳沒有錯。如果要怪就怪這場戰爭吧。它把一個小小的國度，劃分成前線和後方。國民應盡的義務卻有不同的待遇，在後方服役的能享受到家的溫馨，在前線盡義務的必須承受生命中的孤單和冷漠。因而，他們的心靈沒有依靠，精神得不到慰藉……。」

「這是藉口，還是正當的理由？」夏明珠沒等王國輝說完搶著說：「駐守在金門的有十萬大軍，難道他們個個都在戰地留情？個個都能找到可撫慰他們心靈的伴侶？或許只有你王國輝是幸運的，因為你碰到一個幼稚又傻瓜的女孩。她是誤上了賊船，還是找到了依靠？只有聽天由命了。」

「不，明珠，妳不要激動。相信我，我是愛妳的。」

「或許我此時沒有懷疑的權利，時間是最貼近人心的答案，老天是最好的見證人。」

「明珠，我對天發誓。」王國輝突然舉起手，喃喃地說：「我愛妳，我沒有騙妳。」

「但願你說的每一句話都是真的，而不是我心中難以承受的夢魘。」

夏明珠說完竟失聲地痛哭著。不管王國輝對她的承諾是真是假，不能挽回的錯誤也已經發生。今晚的別離，該不會是永恆的分開吧？一旦王國輝走後，她該如何來面對未來的變遷？一個純樸善良未曾出過遠門的戰地兒女，一個父母眼中乖巧懂事又勤奮的女兒，只因為夢想著美麗的寶島而踏上錯誤的第一步，只因為中了甜言蜜語的惑而失身。未來要走的路，必是滿途荊棘、崎嶇難行，她是否能運用父母賜予她的智慧，發揮戰地兒女堅忍不拔的精神，越過高山峻嶺，橫渡台灣海峽，向幸福人生漫溯……。夏明珠連想都不敢想。

11

海水漲潮了，白茫茫的水花一波波湧向新頭的沙灘。岸勤人員拆離了浮橋，637軍艦緩緩地關上艙門，鳴了汽笛後啟起錨。今天是單號，它必須趁著黑夜退到外海等候，俟天明後再航行。

東方剛露出一絲銀白，太陽尚在雲深處，王國輝已來到甲板上，他面對著茫茫的太武山巒，想起無辜的夏明珠，頓時心中萌起一股無名的愧疚感。幼時嚴謹的家教，長大時高等教育的啟發，為什麼竟失去了理性，泯滅了人性，來矇騙、來傷害一個純潔善良的少女？若依他的行為，一旦事情鬧開了，一旦被人舉發，軍法大刑伺候是不能避免的，屆時他必將被這個社會唾棄，又怎能對得起養育他的父母、教育他的師長、培育他的社會。雖然他有一副健康的身軀，卻有一個不健康的心理，倘若每一位中了金馬獎的官兵都像他，這個小島豈不要大亂。今天他能順利地退伍，一切都得歸功於夏明珠，只因為她善良，只因為她承受了一切對她的傷害。如果碰到一位不肯放過他的少女，或許早已進入軍事看守所，何德何能，還能站立在這艘歸鄉的軍艦上。

如果他的人性尚未泯滅，依情論理他都必須負起責任，對夏明珠有一個圓滿的交代，和她結婚是唯一的選擇。自從和她親密過後，每次他都是以謊言來安慰她，實際上這種事情是很難講的，不怕一萬只怕萬一；萬一她真的懷孕了，除了傷害她也同時傷害到一個無辜的小生命。然而，他的家人會同意他娶一個在彈子房計分的小姐嗎？在商場稍有成就的父親講的是門當戶對，在社交圈活躍的母親講的是體面和排場。無論從那一個方面來衡量，夏明珠想入他家的門檻，簡直是緣木求魚。況且，他現在的女友出自名門，雙方的家長亦是世交，讀的是外文系，待他退伍後將先訂婚，然後一起出國深造。如此層層的包袱教他如何來取捨，要是他差池的行為被他們發覺，其後果料將不可設想，他的前途勢必毀於一旦。

汽笛鳴過三響，軍艦加足了馬力，快速地航行在湛藍的大海裡。白茫茫的太武山頭已被金色的陽光取代，綠色的林木也逐漸地從王國輝的眼簾裡消失。

「再見了，金門。」

王國輝舉起沉重的手，輕輕地揮動著，而卻揮不走纏身的罪惡感。如果來生再抽中金馬獎，他將以贖罪的心來熱愛這片土地，善待這片土地的每一個人，任憑是做牛做馬來拖磨也無怨悔。然而，他能有來生嗎？今生造的孽或許很快就會得到報應，如果依然沉迷不悟，必將被閻羅王打入十八層地獄，永不超生。或許，在科學昌明的今天，任何惡毒的咒語，都難與實際人生相抗衡。如果賭咒能成真，殺人亦可求神來原諒，他後悔此生做了一件天理不容的錯事，唯一能讓他心安的，只有實踐對夏明珠的承諾。而他是否有勇氣來背叛父母的意旨，以一顆誠摯之心來迎接夏明珠；還是接受父母的安排，榮華富貴過一生，置夏明珠生死於不顧？王國輝的心情陷入惡劣又矛盾的情境中。

637軍艦繼續航行，小小的島嶼早已被雲空吞噬。碧海連天天連海，只見白浪滔滔，滔滔白浪；只見濺起的浪花在甲板上輕飄。它將航向何處，或許是沒有港灣的茫茫人海……。

人，是一種很奇怪的動物，往往會在一念之間做出許多憾事。事後想悔改、想彌補、想挽回，卻經常讓人失望和落空；它的確也應了古人一句話：一失足成千古恨。

自從王國輝退伍後，夏明珠的心情似乎平靜了許多。雖然只接到他一封簡短的平安信，信中除了思念和安慰外並沒有觸及到其他的事。夏明珠心想：王國輝剛退伍回家，一定有許許多多待辦的事要處理，等他安頓下來後一定會依照他的承諾，每天給她一封信，並給她一個圓滿的交代。然而她的夢想並沒有成真，牆上的日曆依舊一天撕去一頁，今天又是黑夜過後的日光明。每天守候在店門口，期盼著綠衣郵士為她報佳音，但期望愈高失望愈大；每日苦思，徹夜難眠，有誰知她此時情。然她並沒有往好的一方面來想，只擔心他是不是、會不會出了什麼事？於是她鼓起了勇氣，連續為他寫了二封信、三封信、四封信、五封信，如石沈大海，依然得不到他任何的回覆。

夏明珠處在一個前所未有的痛苦裡，她奉獻出一顆彌足珍貴的少女心，想不到此生的幸福，卻斷送在這個無情無義的男人手裡。而就在她情緒低落沮喪與懊惱的同時，她突然發現該來的月事卻沒來，更讓她陷入難以接受之恐慌。萬一、萬一、萬一，萬一真的懷孕要怎麼辦？萬一、萬一、萬一，萬一她的肚子一天一天大起來要怎麼辦？她有顏面面對家人和鄉親嗎？她還能在這個小島上立足嗎？或許死是唯一的路途；一死解千愁，屆時什麼煩惱也不會發生。只是她能這麼做嗎？真能一死了之嗎？父母是否承受得了如此的打擊？無辜的小生命難道亦有罪？無數的問號在她內心裡糾纏著，衍生出一波波令人窒息的恐懼和驚慌。當她的心情稍為平復時，夏明珠轉而一想，她明明記得王國輝說過不會有事的，可能是這段日子來壓力大，生理失去平衡，月事遲了幾天吧。為什麼不再觀望觀望呢？或許今天不到明天就來了，或許明天不來後天就到也說不定，為什麼要庸人自擾，生活在恐懼之中。

然而往往事與願違，幾許期望、幾番等待，生理上明顯的變化讓夏明珠陷入絕望。一個懷了身孕的未婚少女，她有勇氣求助醫生來為她墮胎嗎？況且墮胎是不合法的醫療行為，又有那一位醫生敢於觸犯法律、敢於讓自身的醫德淪喪，非法地幫她墮胎？幼稚無知的夏明珠已走投無路，竟連生她、育她的父母親也不敢據實稟告。此時她心想的，該不是：台灣是美麗的寶島，人間的天堂。或者是：不到台灣心不死，一到台灣就死心，那麼慷慨激昂的言詞吧！在不得已的情況下，她不得不厚著臉皮，找上同村的秀菊，希望秀菊能幫她想想辦法。

「事情已發生了，現在再責怪妳也沒有用。」秀菊聽她說完，極端理性又冷靜地說。

「我現在該怎麼辦？」夏明珠無力的眼神期待著秀菊的相助。

「妳寫信告訴過王國輝沒有？」

「他從退伍後只來過一封信，我寄去的信連一封也沒有回。」

「什麼，」秀菊訝異地：「只來過一封信，沒回妳的信？」

夏明珠面無表情地點點頭。

「明珠，妳徹徹底底被騙了、被玩弄了。」秀菊有些激動地說：「早就告訴過妳，也警告過妳，那個王國輝看來就不是一個好東西，妳偏不信。現在好了，人家退伍回台灣了，妳的肚子也大了，誰有本事來替妳收始這個攤子？」

夏明珠無語地淚雙垂。

「別難過了，」秀菊輕輕地拉拉她的手，安慰她說：「現在任妳流乾了淚水也無濟於事。趕緊寫信告訴他，看他如何回應再想對策。這種事絕對不能拖，愈快愈好。」

「秀菊，妳千萬要替我保守這個秘密。」夏明珠含著淚水，懇求她說：「不能把我的醜事告訴任何人；要不，我會死的。」

「明珠，妳放心。」秀菊鄭重地說：「我們來自同一個村落，從小一起長大，情同姐妹。今天妳有難，我理當協助妳來解決，絕不會落井下石，也不會像長舌婦般地到處宣揚，讓妳無容身之處。」

「秀菊，今天我能在這裡工作全是妳幫我引介的。但我卻沒有聽妳的話，也沒有接受妳的勸告，才會淪落到這種地步。」夏明珠緩緩地講出內心恥於述訴的歉疚。「當事情發生了，自已沒能力解決，卻又找上了妳，徒增妳不少的麻煩。秀菊，我對不起妳。」

「現在不是說對不起的時候。」秀菊搖搖頭說：「爭取時間是當務之急。什麼都能等，妳的肚子卻等不及；我的嘴能幫妳守密，妳的肚子卻不能。明珠，坦白說，妳已沒有耗下去的本錢。」

「謝謝妳的提醒。」夏明珠哽咽著說：「今天發生這種見不得人的醜事，竟連生我、育我的父母都恥於向他們表明。一旦事情曝光，他們絕對承受不了這個打擊；尤其是我的母親……。」

「明珠，紙永遠包不住火，遲早他們會知道的。妳必須要有心理準備。」

「如果能把它拿掉該有多好。」

「妳是說墮胎？」

夏明珠點點頭。

「誰敢幫妳這個忙？！」秀菊無奈地說：「妳也不能冒這個險。」

「總比讓人看笑話好。」夏明珠苦笑地說。

「不要想太多，說不定王國輝收到妳的信後會很快來處理這件事。只要他寄來一張訂婚證書，妳就可以辦出境；一旦到了台灣，什麼事都可以解決的。」

「對他，我已完完全全沒有了信心。」

「妳懷的是他的骨肉呀，論情論理他都要負責的。」

「如果他還有良心、勇於負責，絕對不會因此而中斷音信。」

「妳有沒有到郵局查過，是不是寫錯了地址？」

「問過了，郵差也被問煩了。」

「會不會被罔腰姑仔給扣留了？」

「不可能，我在店裡的時間比她還多。林森樑寄回的信經常都是我拿給她的。」

「事情真的沒有我們想像中的那麼單純。」秀菊略有所思地說：「妳這一次寫的信，一定要用限時雙掛號交寄。因為雙掛號有回執，必須由收件人簽名或蓋章，如此一來妳就可以瞭解到王國輝到底收到信沒有。」

「秀菊，多虧妳想得那麼週到。」夏明珠由衷地說：「我佩服妳處事的冷靜以及綿密的思維。如果早聽妳的話，我今天不會有『一失足成千古恨』的悲情發生。」

「不，人的際遇有時是很難料的，往往當局者迷，旁觀者清；有時必須參酌別人的意見，千萬不要自己為是。凡事如一意孤行，最後吃虧的必是自己。」

「這些金玉良言，對一位失足的人來說，或許是晚了一點，但我會記住。」夏明珠感傷地說。

「明珠，妳不要太悲觀，妳還有　段長長的路要走；跌倒了要有爬起來的勇氣，其他的就暫時不要去計較它吧！」秀菊開導她說。

「秀菊，如果這次再得不到王國輝的回應，人生這條路對我來說，並沒有太大的意義。」

「為了父母，為了孩子，夏明珠，妳沒有悲觀的權利！」秀菊激動地說。

夏明珠雙手摀住臉，悲傷的淚水從她的指隙間不停地流下，由微溫變成冰涼，由失望變成絕望；它是否能幻化成一泓希望的春水，它是否能湧出一池幸福的泉源，端看夏明珠的造化了……。

12

在夏明珠日夜的期盼下，限時雙掛號的回執輾轉又回到她的手中。在收件人簽章處，朱紅的印泥浮現出王國輝三個模糊的字，這封信已按址投遞到王家，是王家的什麼人收到或看到已無關緊要，至少已傳達了夏明珠急迫的心聲，也讓王國輝無情無義的嘴臉無所遁形。然而，夏明珠的用心依舊功虧一簣，她一而再再而三地用限時掛號信，針對王國輝甚至他的家人，把她的心聲化成文字來傾訴、來訴求，企圖博取王家的憐憫和同情。但她的用心是失敗的。每一首用心血和淚水凝聚而成的無聲曲，都得不到王家任何的回應，遑論是掌聲。

眼見她的腰圍一天天變粗，裙褲的鈕釦也全然失去了作用，時而會有害喜嘔吐的徵狀，雖然她再三地迴避罔腰姑仔，但經驗老到的罔腰姑仔焉有不知之理；她只是觀望著，不想拆穿她，為她留點顏面。而這個顏面又能替她保留多久？人畢竟是現實的，她能請一個未婚又大肚子的小姐來當店員嗎？誠然她現在仍能以衣服來掩蓋微凸的肚皮，不明就裡的外人也不能輕易地察覺到，如果事情一傳開，讓人誤會罔腰姑仔不正經，竟容許請來的小姐和人家亂搞，那才糟呢。因而她不得不再找秀菊，問問原委和詳情。

「秀菊仔，明珠這段時間精神好像不太好，妳要不要陪她去看看醫生。」罔腰姑仔裝著不知情。

「阿姑，明珠是我介紹來的，我不能瞞您、也不能欺騙您。」秀菊坦誠地說：「她太老實了，也太幼稚了，吃了很大的虧。」

「吃虧，吃什麼虧啊？」

「她被騙了。」秀菊神情凝重地說：「就是被經常來找她的那個台灣兵仔騙了。」

「那個叫什麼王國輝的醫官？」罔腰姑仔問。

「不錯，就是他。」秀菊肯定地說。

「很久沒看見了，他人現在在什麼地方？」

「退伍回台灣了。」秀菊沈思了一會，面對著這位識大體的長者，她不能不從實相告，也希望她能從中協助，讓夏明珠度過這個難關，重新站起來。「阿姑，明珠已懷了他的孩子，這個夭壽王國輝卻一走了之，寄去的信也不回，擺明是玩過後甩掉她。」

「唉，明珠這個孩子，」罔腰姑仔搖搖頭輕嘆了一口氣說：「糊塗啊、糊塗啊！明明知道這些台灣兵不可靠，她偏偏要去上這個當，現在要怎麼辦呀？」

「只有想辦法讓明珠到台灣找他，別無他途。」

「一個女孩子人生地不熟的，怎麼去找啊！」罔腰姑仔關心地說。

「明珠有王國輝的地址，他家就住高雄，下船就到，不難找。」秀菊說。

「要快一點去辦手續啊，等肚子大起來就不好見人了。」

「手續是一個大問題，既無親可探，又找不到什麼充分的理由和證明文件，光憑一張嘴是辦不通的。」

罔腰姑仔想了想，突然右手握住拳，輕輕地擊了一下左手掌，久久也想不出一個充足的理由來幫夏明珠解圍。幾個月來的相處，雖然夏明珠無緣與林森樑成伴侶，但人總是有感情的，她始終沒有把她當外人。今天夏明珠發生了這種事，在不能坦誠面對自己的父母，無法取得家人鼎力的協助下，她絕對不能袖手旁觀，不能讓這個善良無辜的女孩再受到任何的傷害。秀菊沒說錯，只有讓她到台灣找他，才能了斷問題的糾葛。不管這條路有多麼地遙遠難行，但為了她的幸福，她不能不走下去。

「秀菊，有了。」罔腰姑仔興奮地說：「到台灣醫病。」

「到台灣醫病？」秀菊重複她的話說：「那要有醫院的診斷證明呀！」

「我認識李大夫，請他幫個忙一定沒問題。」罔腰姑仔信心十足地，而後又感傷地說：「這個可憐的孩子……。」

「阿姑，明珠現在的情緒很低落，這段時間如有什麼不週之處您可要多多包涵。」

「我是怎樣待她的，相信妳比我還清楚。」

「阿姑，我知道。」秀菊說後，突然有些憂慮地：「明珠所發生的事，只有我倆知道，我們必須為她保密，替她留點顏面，讓她好做人。」

「秀菊，妳設想的真週到。明珠有妳這位好姐妹，她該高興和驕傲。」罔腰姑仔由衷地說。

「謝謝您，阿姑。如果拿到診斷證明請您告訴我一聲，我會盡快地去買出入境證申請書來幫她填寫；讓她早一點上路，早 天安心。」

罔腰姑仔順利地拿到一份診斷證明書，這也是居住在這個小島嶼，一些經常跑台灣的社會人士常用的伎倆。只要認識醫院的醫生和護士，打一張診斷證明書並非難事。它除了可以辦出入境證外，倘若有本事，亦可以用這份證明書，透過關係，向主管安全查核的單位申辦搭機三聯單，然後再找一位有頭、有臉、有勢的高官去關說或施壓，照樣可搭上飛機，飛翔在藍天白雲間。或許有時也不必找什麼高官，只要穿藍色制服的作戰官或士官長一句話，絕對有「機」可乘。如果和他們交情好的、夠意思的、能任由他們需索者，還有專車送到停機坪呢；當然這似乎與人無關，一切必須歸功於「黃魚」和「高粱酒」，有時也得感謝「國父孫中山先生」。島雖小，名堂可不少，權力和金錢往往能凌駕一切，法令和規章它只適用於善良的島民和百姓。

醫院為夏明珠開具的診斷證明書是「鼻竇炎」，必須赴台專科治療。一張不痛不癢的診斷證明，卻如同保身符，左右著夏明珠的命運。秀菊為她填寫申請表，罔腰姑仔幫她找保證人，小島民擁有完整的手續和證明文件，那些狗眼看人低的官員們能奈何得了嗎？他們不得不蓋上「無安全顧慮」的圖章，他們不得不送往警總核發出入境證。憲法規定人民有居住的自由對島民來說是不存在的，因為這裡是戰地、是前線，他們已習慣在鐵絲網下過生活、求生存，自由離他們實在很遠、很遠，能保住這條粗俗的老命，何嘗不是前生前世修來的福份。

有了罔腰姑仔和秀菊的協助，夏明珠似乎沒有先前的沮喪，心情也稍微平靜了一些；她一面整理行囊，一邊等著出入境證。不管王國輝的意圖是什麼，是玩弄、是欺騙，還是真愛，在得不到他的回應和承諾時，面見是她不二的選擇，當面談清楚更是她的首要之務。未來無論他是如意郎君或是負心漢，必然很快就能釐清，對腹中的小生命亦有一個交代。然而，問題是否能像她想像中的那麼單純，一場激烈的戰爭似乎免不了，她必將全力以赴，發揮戰地兒女的英勇精神，為幸福而奮鬥，為腹中的孩子而奮鬥！只恐未能如願身先死，留得臭名在人間。

接到警總的出入境證，秀菊也陪她到港警所登記船位，如果沒有什麼意外，航期就在後天，她必須回家一趟，以謊言做掩飾，稟告父母親一聲。

「阿珠仔，今天又不是休假，妳怎麼跑回來了呢？」火旺嬸看著女兒，詫異地問。

「媽，我後天要到台灣去。」夏明珠說著，情不自禁地紅了眼眶。

「到台灣去，」火旺嬸訝異又不解地問：「到台灣做什麼？」

「媽，我要去參加普通檢定考試，通過後再參加普考，普考及格後就能當公務員。」

夏明珠哽咽地說：「媽，我總不能一輩子都待在撞球場幫人計分啊。」

「妳有什麼打算總得先告訴妳爸爸一聲嘛。」火旺嬸面有難色地說：「妳後天就要

去，今天才回家說，妳爸爸會不高興的。」

「媽，我又不是去玩，爸爸上山回來後您就幫我向他解釋解釋嘛。」夏明珠央求著說。

「孩子，為了這個家，讓妳犧牲了好幾年的青春歲月。」火旺嬸極端感性地說：

「為了妳的前途，為了妳的將來，相信妳爸爸是不會反對和阻止的。待他山上回來後，我再向他解釋吧。」

「謝謝您，媽。」夏明珠說著說著竟流下了淚水。

「什麼時候回來？」火旺嬸關心地問。

「考完試就回來。」夏明珠依然哽咽地。

「聽說台灣是一個花花世界，壞人很多，妳初次出遠門自己要小心。」火旺嬸叮嚀著：「到了台灣要記得寫信回家，不要讓家裡牽掛。」

「媽，我會注意的，也會很快寫信回家，請您放心。」夏明珠說完竟放聲地哭了起來。

「不要難過，初次出遠門難免會有不捨。妳不是說考完試就回家嗎，離家的時間不會太長，頂多分開個十來天吧。」

「是的，媽，時間不會太長的。」夏明珠擦拭著淚水說：「相信不會太長的，不久我們就可以見面了……。」

火旺嬸輕輕地拍拍她的肩，幫她抹抹淚水，孩子第一次出遠門難免會難過，她並不在意。然而她似乎也發現到孩子胖了許多，這必須要感謝罔腰姑仔的照顧。在街上做生意，賺了錢，捨得吃，伙食好，想不胖也難啊。火旺嬸微微地笑笑，一陣無名的喜悅掠過心頭。

夏明珠並沒有等父親山上回來，就匆匆地走了。當她向母親說再見的那一刻，心頭猶如針刺般地難過。想不到，她竟以謊言來矇騙自己的父母。而除此之外，無論任何的解釋或婉轉的言詞，只有徒增父母的悲傷，並不能讓他們釋懷，這也是她撒謊的最大原委。當然她也深知，父母是永遠不會原諒她此時所犯的過錯，謊言也只能遮掩一時，並不能覆蓋永遠。此次不計毀譽、萬里尋夫的台灣行，是否能為她換取永恆的幸福？還是讓她身敗名裂死無葬身之地？如果能得到幸福，當必盡速返鄉向父母請罪，祈求他們的諒解；倘若不能，她勢必沒有勇氣踏上這塊土地，屆時將似一片無根的浮萍隨波逐流……。

13

夏明珠提著簡單的行囊，在星空下的廣場等候。然而，她並沒有集聚在人群堆裡，和那些識與不識的鄉親們閒聊。她獨自站在南邊的圍籬旁，凝視著遠方漆黑的海面，唯一的一點光亮是來自不遠處的軍艦上，岸勤人員尚在裝卸中，待海水漲滿了港灣，她將搭乘這艘軍艦離開她的故鄉和土地，投身在一個全然陌生的環境裡。離開故鄉，雖有滿懷的不捨，但這只是她初嚐人間苦果的一小步，她不敢冀望苦盡甘來，只求平平安安的走完每一段路途。如果沒有當初多好，以她的美貌在家鄉不難找到合適的對象，然她像中蠱似的，被一隻惡魔所左右，讓她踏上錯誤的步履，無顏面對燦爛的人生。

吵雜的聲音過後是一陣騷動，候船的鄉親提起自己的行李往前推擠著，他們惟恐上了船佔不到好位子，明明是在自己的土地上，卻像戰亂時期的難民潮。聯檢人員喊著姓名發還出入境證，進入船艙才是難民生活的開始。幾塊餅干、幾個麵包、一壺開水，二十餘小時的體力全由它們來支撐。艙裡稀薄的空氣和油煙味，在海上搖晃和顛簸的船體，一陣陣的嘔吐聲，別人吐了自己不想吐也得吐，儘管胃裡空無一物，總可吐出幾口酸水和苦水吧。

有孕在身的夏明珠，她用幾張舊報紙鋪在一個暗淡的小角落，弓著身軀，閉著眼睛，腹部覆蓋著一件短大衣，口中含著秀菊為她準備的話梅。從上船到現在，她整個身軀已癱瘓在這幾張發黃的報紙上，只要睜開眼，頭就不停地在暈眩，胃也不停地在翻攪，竟連翻動一下身子也頗感難受，這是她始料不及的；或許，這也是她人生歲月裡一段痛苦的旅程吧。她突然想起：如果繼續和情報隊那些人打交道，說不定她今天搭乘的是太武輪；但那畢竟要付出代價的，天下絕對沒有白吃的午餐，罔腰姑仔被啃的例子，依稀在她的腦裡盤旋著。

軍艦已放慢了速度，船身回復了平穩，「高雄到了、高雄到了。」的喊叫聲在夏明珠的耳旁繚繞。多數人已上了甲板，夏明珠拖著疲憊的身軀跟進，她雙手緊抓護欄上的鐵鍊，雙眼緊緊盯住萬壽山的燈火，夜高雄有五顏六色的霓虹燈在閃爍，她的心卻不停地向下沉，彷彿要沉沒在這個污濁的高雄港。不一會，船在十三號軍用碼頭停靠，來自小島上的難民又搶著要下船，深恐趕不上北上的夜車。惟有夏明珠此行的目的地已到，雖然這是一個不夜城，然而她該走向何處，直闖王家大門探個究竟？還是冷靜地思考這條路要如何地走下去？因而，她下船的意興闌珊，但又不能不下船，只好跟在人群的最後面，依序排隊，在出入境證的內頁裡蓋上入境的戳記。

夏明珠拎著一個小提包，緩緩地走出十三號碼頭的大門口，雖然已是深夜，但來往穿梭的人車依舊熱絡，沉重的心情已取代一切新鮮感。她站在圍籬旁環視著眼前的高樓和大廈，爾時夢想中美麗的寶島，此刻似乎已成一個失落的天堂。在多采多姿的人生歲月裡，她已踏出錯誤的第一步，喪失與日月爭輝的大好時機，此時置身在這個陌生的都會裡，她像一個沒有臉的人，恥於舉頭來面對。

攬客的三輪車一輛輛從她身旁走過，她依然找不到目標和方向。此時若冒然地去敲王家的大門，去喚醒熟睡中的王國輝，他的家人是否會原諒她的唐突？而當初，怎麼沒想過要記下他家的電話號碼，好方便爾後的聯繫？仔細想想：她為什麼會那麼地幼稚和單純，想不到的事竟然有一籮筐，僅僅幾句甜言，她就上了賊船。如今這艘罪惡之船已停靠在這個污濁的港灣，同在這艘船上的人，無論在船裡受罪或置身於船外，內心永遠有難以洗淨的罪惡。因而她恥於宣揚，亦非前來興師問罪，只期盼事情會有一個圓滿的結果；一切責任該由誰來負責，必須把它釐清，以期對無辜的孩子有一個交代。夏明珠腦裡似乎永遠脫離不了這些老舊的問題，不管能不能順利地解決，她選擇來到這個陌生的地域並沒有錯，至少沒人敢問她懷了誰家的孩子？況且，這個城市裡的孕婦多得很，誰又認識了誰！這也是她唯一的安慰。倘若留在家裡，面對著朝夕相處的鄉親，未婚生子的恥辱勢必波及到她的父母，教那一生務農忠厚樸實的雙親情何以堪。

夏明珠微嘆了一口氣，唇角掠過一絲苦澀的微笑，寬闊的柏油路依然熙熙攘攘，在她尚未移動腳步的同時，她想到能暫時歇腳的同鄉會，這是罔腰姑仔告訴她的。在同鄉會服務的都是一些旅台數年的老鄉親，無論地緣或人際都有很好的關係，俗話說：親不親故鄉人，甜不甜故鄉水。在異鄉聽到鄉親的口音，那份難以言喻的親切感，直教人難以忘懷。罔腰姑仔也同時給她一份地址，告訴她在不得已的情況下，或遇到困難時，可去找她的表妹翠玉。只是她寡居多年的表妹，唯一的兒子是遠洋漁船的船員，幾個月才回來一次。住的是一棟簡陋的違章建築，屋內空間窄小，交通也有些兒不便，但短暫的停留是不會有問題的。然她還是希望夏明珠見到王國輝後能就此在王家落腳，兩人奉子之命盡速完婚，過著幸福美滿的生活，也希望她能盡速地把喜訊捎回家來，好讓親友分享這份喜悅。夏明珠聽後除了感謝還是感謝，感謝她的寬宏大量，感謝替她設想得那麼週到。然而，她也悔恨當初沒有聽罔腰姑仔的勸告，對林森樑更有一份無名的愧疚，而這份愧疚今生今世已難彌補，母子倆的雅量和風度更令她慚愧萬分。

夏明珠順手一招，一輛老舊的三輪車已停靠在她的身旁。

「金門同鄉會。」沒等車伕先問起，她逕行地說。似乎潛意識告訴她，此時置身的是人生地不熟的異鄉，凡事不能扭扭捏捏，外地來的常被在地人欺負是常有的事。聽說有些車伕近路不走故意繞個大圈子走遠路，藉機收取較高的車資。然而，她僅知道同鄉會的地址，怎麼個走法？該抄那條路較近？她是一臉的茫然，只有憑車伕的良心來帶路了。

「妳剛下船，是從金門來的？」車伕問。

「是的。」夏明珠簡單地答。

「以前來過嗎？」車伕又問。

「來過、來過，來過好幾次了。」夏明珠有點兒慌張地答。

「來玩，還是找親戚？」

「到台北找親戚。」夏明珠有些兒不耐煩地撒著謊說：「太晚了，明天一早再走。」

「一個單身女孩出遠門實在有很多不便，尤其這個社會愈來愈亂，幾乎天天都有打架和殺人的新聞，偷、搶更不用說。」車伕不厭其煩地說著，突然關心地問：「金門還有沒有打炮？」

「很少。」夏明珠也從實相告：「單號時，偶而地打打宣傳彈。」

「我的弟弟八二三就在金門當兵，在一次灘頭搬運時被共匪的大炮打死了。屍體支離破碎，慘不忍睹。」車伕感傷地說。

「生長在那個年代，又在前線服役，真的是很可憐。」夏明珠心有同感地說：「幸好戰爭已過去了，要不會有更多的死傷。」

「不錯，戰爭是過去了，但並不代表結束。想過清平的日子似乎還早。」

夏明珠並沒有再回應他，眼見他熟練地在路燈下、在人車間穿梭。紅燈停，綠燈走，不一會已到了同鄉會。因為返鄉的船剛回航，距離下一個航次尚早，在這裡滯留的鄉親並不多。她辦好了住宿登記，疲憊的身軀讓她倒頭就睡，天無絕人之路，一切留待明天再說吧。她自我安慰地想著。

從睡夢中驚醒，異鄉的陽光已從窗外照了進來，映在天藍色的被褥上。夏明珠換了一套簇新又寬鬆的套裝，也刻意地妝扮了一番；腹部雖然有點兒緊，但並沒有明顯地隆起，如果她自己不說，誰能知道她有孕在身。在這個幅員遼闊，人口密集的都市裡，花錢僱用三輪車伕來帶路或許是最恰當不過的，倘若自己來摸索，所花費的時間和精神勢必遠勝於車資。因此，夏明珠並沒有引以為浪費，她把王國輝家的住址，交由車伕來帶路，自己的一顆心也隨著車輪的滾動而快速地跳動著。過了這條路，或者是那條街，向左轉後又向右轉，她的心彷彿要從體內跳出來似的那麼令她難受。

到了王家，出面相迎的會不會是王國輝，這個沒有良心的東西，能躲得了一時，卻躲不過永遠；貪圖一時的歡樂，必須承受一切的後果，不要心存僥倖，更別誤以為金門姑娘善良好欺！然而一旦見了面，一旦見了他的家人，她該如何來應對呢？詩禮傳家是家訓，無論受到任何的委屈或不平等待遇，她必須忍下也不能動怒，要以理來服人。雖然在人生的大道上，她踏上了錯誤的第一步，但絕不能再讓人說金門女孩沒教養，這是她必須深記在心頭的。

「小姐，到了。六巷二十號就是這一家。」車伕停下車，轉過頭對她說。

夏明珠神情恍惚地下了車，付過車資後卻痴痴地站在路旁，面對著一棟豪華的樓房發呆。

「不錯，六巷二十號，這就是王國輝的家。」夏明珠喃喃自語地。

「小姐，不會錯啦，就是這一家。」遠遠她聽到三輪車伕的提醒。

是的，六巷二十號就是這裡。她想找的人就住在這棟高級又豪華的樓房裡。於是她不再猶豫，鼓起了勇氣，按下此生第一次門鈴，彷彿也按下一個無窮的希望。

「誰啊？」開門的是一位穿著入時，端莊華貴又有幾分冷酷的中年婦女，她那尖銳的聲音隱含著一股傲氣。

「伯母您好。」夏明珠禮貌地向她點點頭說：「請問是王國輝先生的家嗎？」

「小姐打從那裡來呀？」她仔細打量了夏明珠一番而後說。

「我叫夏明珠，是從金門來的。」夏明珠坦誠相告。

「裡面坐，好說話。」她揮了一下手，而後扭動了一下身軀，逕行走著。

「謝謝。」夏明珠尾隨在她的背後，步履蹣跚地跟著走。

她們在一間寬大而華麗的客廳前停下，裡面的裝潢和佈置讓夏明珠開了眼界、也大為吃驚。皮製的沙發、亮麗的茶几、壁上的名畫，一部二十九吋的大電視就擺在滿是名酒的酒櫃下。她跟著換上了拖鞋，踩在一塵不染又軟綿綿的棗紅地毯上；如果能躺在上面睡上一覺多好，如果能在這軟綿綿的地毯上翻滾不知有多愜意。

「坐。」她冷冷地比劃了一個手勢，又以她尖銳的嗓音喊著：「阿蘭啊，給客人倒杯水。」

夏明珠不自在地坐在沙發椅上的邊緣。

「小姐，請喝水。」阿蘭端來一個盤子，裡面有一高一低兩個考究的象牙色瓷杯，她把較低的一個放在夏明珠的面前，把另一個輕輕地放在婦人的面前說：「太太，您的咖啡。」

「妳就是金門看彈子房的那個夏小姐吧？」婦人面無悅色，冷冷地問。

「是的，我叫夏明珠。」夏明珠像犯人般地有些兒膽寒，她此時面對的似乎不是一個慈祥的長者，而是一個冷酷的審判官。

「聽國輝談過妳，他說無聊時常找妳尋開心。」她說著，也同時用一對鄙夷的目光看著她。

「是的，我們常在一起。」夏明珠睜大眼凝視著她，終於鼓起了勇氣紅著臉說：「我們也彼此相愛著。」

「相愛？」婦人疑惑地說：「一位未來的醫生，他有著亮麗的前途，會去愛一個彈子房裡的記分小姐，說出來也不怕人當笑話。」

「伯母……。」夏明珠還未說完。

「不，叫我王太太。」婦人搶著說。

「我們是真心相愛的，不信您可以問問國輝。」夏明珠解釋著說。

「有人會比我更瞭解國輝嗎？」婦人有些厭煩地說：「不要忘了先秤秤自己有幾兩重。」

「伯母……。」

「叫我王太太。」

「我可以見見國輝嗎？」夏明珠懇求著說。

「夏小姐，我是一個直腸子的人，說話從不拐彎抹角。國輝在上月底，帶著未婚妻到美國留學去了。」

「什麼？」夏明珠訝異又驚奇地重複著她的話說：「帶未婚妻到美國留學？」

「不錯。他到美國留學去了。」婦人得意地說：「妳就死了這條心吧！」

「可是……。」

「可是什麼？難道我會騙妳！」

「我已經懷了他的身孕。」夏明珠的臉上有一股無名的熾熱。

「懷了他的身孕？」婦人冷漠地笑笑：「夏小姐，這種戲我見多了，也看多了，甚至在我身邊也經常發生；三不五時就有一些不正經的女人找上門，謊說是懷了國輝他爸的身孕。她們貪圖的是什麼，她們想要的是什麼，彼此是心知肚明。」

「王太太，我與國輝的情形是不一樣的……。」

「不一樣？」婦人重複著她的語調說：「女人還有什麼兩樣的。」

「我們是真心相愛的。」

「既然是真心相愛，為什麼不把他留在金門！」婦人有些兒動火。

「國輝說要我來台灣找他。」夏明珠低聲地。

「夏小姐，我沒有太多的時間來跟妳耗。妳來的目的是什麼，儘管說。」

「我要見王國輝，我要他替我腹中的孩子負責任！」夏明珠激動地說。

「一個彈子房的小姐用卑鄙的手段勾引一位預官，還敢來興師問罪，妳把我王家看成什麼！」婦人尖聲地說。

「請您問問王國輝，是他追求我，還是我勾引他？」夏明珠不甘示弱地說。

「一個女人家要懂得廉恥，世界上的男人多得很，不要硬要黏住一個老實的王國輝，也不要假裝懷了誰家的身孕，想找一個替死鬼來收拾爛攤子。」

「請您放尊重點。」夏明珠氣憤地說：「我的人格不容許妳來侮辱！」

「一個彈子房的小姐，面對著十萬大軍，讓人把肚子搞大了，再到處替孩子找爹，這種女人還有什麼人格可言！」

「妳不要侮辱我，妳不要侮辱我！」夏明珠憤而站起，高聲地吼叫著，兩行悲傷的淚水像斷線的珍珠，不停地向下滾：「妳不要侮辱我！妳不要侮辱我！！妳不要侮辱我！！！」

「阿蘭，送客。」

夏明珠一轉身快速地往外跑，噙滿眼眶的淚水讓她模糊了視線。而來時陽光普照的港都，此時卻烏雲密佈，它象徵著什麼？是否一場風暴即將來臨？還是夏明珠已失去了希望？有情芳草無情天，落花有意水無情，失足已成千古恨，在夏明珠心中，台灣已不是一個美麗的寶島，亦非人間的天堂……。

14

面對著無情的打擊，面對著多舛的命運，夏明珠躲在同鄉會廉價的舖位裡，蒙著頭整整哭了一整天。為了顏面，為了不讓鄉親指指點點，為了不讓父母親傷心失望，她必將成為有家歸不得的天涯淪落人。然而她將流落到何處，總不能賴在同鄉會過一生；她必須自立自強，孤軍在這個令她傷心失望的城市裡奮鬥，讓無辜的孩子平安誕生，她將以青春做賭注，把孩子養育成人，絕對不能讓人看衰。

夏明珠擦乾了眼淚，為父母寄出平安信，也同時把她的遭遇和未來，一點一滴詳詳細細地告訴罔腰姑仔和秀菊。她告訴罔腰姑仔將先到她的表妹處打擾幾天，也央請秀菊俟機安慰她的父母。當然她也深知她的父母會承受不了這個重大的打擊，但事情已發生了，千聲懺悔，萬句抱歉，依然改變不了已成的事實，只有留待來日會面時，再雙膝下跪向他們請罪吧。一個沒有臉的不孝女，不知何年何日始能步上歸鄉路？夏明珠的情緒陷入一片低迷的氣壓裡。她曾經想過要以死來求取自身的解脫，該葬身在西子灣滔滔的白浪裡，還是沉沒在愛河惡臭的水域裡，抑或是懸吊在萬壽山高大挺拔的林木上？無論是那一種選擇，都猶如銳針猛刺在她的心頭。然而她能這樣做嗎，一屍兩命是她內心永難承受之重，自己犯下的過錯為什麼還要嫁禍給一個無辜的小生命。大凡一個有良知的人必須要有人性，如果僅存的那絲人性也淪喪，又有何格稱人，這是她必須深思的。

夏明珠把地址交給三輪車伕，簡單的行李放在坐墊的左側，沉悶的低氣壓並沒有從她身上遠離，在舉目無親下，她依然得停留在這塊傷心地。往後的路必須自己來開拓，生活的重擔必須自己來承擔，凡事也必須自己來面對。就在她沈思的同時，突然被對面的一盞紅燈所驚醒，這盞燈難道就是她生命中的紅燈？而不久紅燈已熄，黃燈閃爍過後是綠燈，這盞綠燈彷彿就是她的希望。夏明珠雙眼凝視著前方，雖然看不到未來，但絕不放棄任何的希望，她的根亦不會深入到這片污濁的土地，只是暫時的寄生而已，有朝一日她勢必要回歸故土，仰望那片屬於自己的天空。

走走停停，左彎右轉，邊走邊問，穿過大街小巷，走過學校和市場，終於來到一片雜亂無章的住宅區。窄小的巷子，低矮的屋宇，頂端不是鐵皮就是木板，上面壓著幾塊石頭或紅磚，牆的下端是水泥，上面卻是木板釘成。儘管如此，它依然有水有電也編了門牌號碼，或許這就是所謂公地私用的違建吧。知道它的座落，有了門牌號碼，囝腰姑仔的表妹翠玉姨的住處並不難找。

「請問翠玉姨在家嗎？」夏明珠輕輕地敲了二下門，柔聲地問。

門很快就打開了，相迎的是一位嬌小瘦弱而慈祥的婦人。稀疏的髮絲挽了一個髻，身穿的是金門傳統的老式衣裳，足登的是一雙輕便的拖鞋，她笑容滿面又親切地問：「妳就是明珠？」

「翠玉姨，您好。我叫夏明珠。」夏明珠忍著悲，強裝笑顏向她點點頭說。

「快進來，快進來坐。」翠玉姨親切地拉著她的手說。

房間雖小，亦無華麗的裝飾和擺設，然它卻整理得有條不紊，簡單的傢俱擦拭得乾乾淨淨，讓人有舒適幽雅的感覺。翠玉姨為夏明珠端來一杯水，而後兩人同在一張小餐桌旁坐下。

「收到囝腰仔的信已經好幾天了，原以為妳已經找到幸福，不會到我這裡來了。現在妳來了，我倒有點兒憂心，是不是事情有了變化？」翠玉姨關心地問。

夏明珠點點頭，也同時點下一串串的淚水。她掩著臉，當著翠玉姨的面，竟嚎啕地大哭了起來。久久，久久依然沒有停的意思。

「孩子，妳就哭吧。痛痛快快地哭一場，流乾了那些悲傷的淚水，妳的心裡才會好過，妳才能夠重新站起來。」翠玉姨安慰她說。

夏明珠哭腫了眼，也流乾了眼淚，彷彿也把滿腹的悲傷和苦楚全哭了出來，她的內心的確感到無比的舒暢和快活。

「孩子，我活了這大把年紀，我能體會出妳此時的心境。想一時忘掉過去的夢魘是不可能的，它必須慢慢地用時間來化解。在這個城市裡，未婚生子是屢見不鮮；在我們民風純樸的小島上，卻不容許有這種情事發生，那是終生要受到恥笑的。俗話說：一失足成千古恨。既然已成不能挽回的事實，只有坦然來面對。」

夏明珠紅著眼，聆聽翠玉姨的教誨。

「我的孩子退伍回來後，就一直在遠洋漁船上工作，一年難得回來幾次；自己一個人孤零零地住在這裡，雖然不愁吃也不愁穿，但孤孤單單的總像缺少了什麼，如果妳不嫌棄，就安心的在這裡住下，也讓我有一個伴。」翠玉姨說著，雙眼流露出一份慈愛的眼神。

「謝謝您，翠玉姨。在我落難時您與罔腰姑仔都同時伸出援手，拉了我好大的一把，這份恩情我會銘記在心。」夏明珠真誠地說。

「這裡離加工區很近，剛到台灣時我也曾經在一家成衣加工廠做過縫紉工，只要勤奮，維持一個人的生活費絕對沒有問題。」

「可是我沒有這方面的經驗。」夏明珠坦誠地說。

「不要怕，只要肯學，很快就能學會。況且現在成衣加工出口的前景一致看好。加工區內有十幾家成衣加工廠，幾乎天天都在徵求女工，想找這種工作並不難。」

「翠玉姨，我願意到加工區工作，我一定會全力以赴的。」夏明珠信心滿滿地說。

「這幾天來妳也受過了，先休息幾天再說。但，千萬要記住：一切不如意的事先把它拋在腦後，凡事想開一點，天無絕人之路，惡人會有惡報，只是時機未到而已。」

「謝謝您的開導，我會牢記在心頭。」

「沒事時，要常給家裡寫信，慢慢地向他們解釋，請求他們的諒解，天下沒有不愛子女的父母，過些時候，一旦妳安定下來，他們也就放心了。我也會寫信告訴罔腰仔，要她找時間去安慰安慰妳的父母。」

提起父母，夏明珠的眼眶又紅了。一旦他們知道事情的端倪，一旦他們發覺自己的女兒做了一件不名譽的事，其傷心的程度，絕不是三言兩語可道盡。如果能重新來過，她死也不出外工作，願留在家裡替雙親分勞解憂，過著平平淡淡的農家生活。但一切過錯似乎與這些無關，只怪自己幼稚和盲目，一意孤行、自以為是，不接受旁人的勸告，才會造成今天這個不可收拾的局面，才會讓她成為一個沒有臉的人。然而，所有的自責並不能讓時光倒轉，受傷的心靈失去的貞操又能用什麼來彌補？一切猶如昨夜夢魂中，需待何日始甦醒；只有面對燦爛的陽光，只好面對嶄新的未來。或許這個世界並沒有沉淪，依然有它真的一面、善的一面、美的一面，罔腰姑仔、秀菊和翠玉姨，更是她人生再造的大恩人……。

15

翠玉姨透過以前的一點老關係，很快的就在成衣加工廠替夏明珠找到了一份工作。工廠有電影院的三倍大，同時容納著幾百台的縫紉機，當然女工亦有數百人。有未婚的小姐、有已婚的阿嫂，有中年婦人，亦有不少是挺著大肚皮的孕婦，因而夏明珠微隆的腹部並沒有引起別人的注意。因為是新手，她被安排在車布邊的那一組，起初新手上路有點礙手礙腳的，經過幾天的歷練以及同組姐妹的指點，倒也駕輕就熟，少有差錯。

和翠玉姨之間更培養出一份濃郁的母女深情，她也將月薪撥出一部份，交給翠玉姨貼補家用，另一部份則寄回家，自己僅留下少許的零用錢。唯一讓她安慰的是不識字的父親也請人代筆數度來信，除了噓寒問暖，也同意讓她的戶籍遷到台灣寄居在翠玉姨的戶口下，以免超過時限，拖累當初辦理出境時替她做保的保證人。

在異鄉流浪了這些日子，她卻心繫故鄉。若依父親固執的個性，是不可能在那麼短的時間原諒她的，但天下父母心，此生能成為父女，或許也是一種緣份，彼此沒有不珍惜的理由，而父親的想法是否與她一樣呢？倘若說是，那便是父女連心；倘若說非，那便是惟恐她不能堅強活下去。無論是基於什麼理由，能接到父母噓寒問暖的書信，夏明珠深信父女深情依舊在。然而在喜悅的同時，她突然發覺到，自己身邊的餘款並不多，將來一旦生產，除了暫時不能工作外，又要花費一筆可觀的金錢，而這筆錢要從哪裡來？於是她想到加班，工廠接獲的訂單為數不少，幾乎天天有人在加班，這是她不二的選擇，也是唯一能讓她多賺點錢的大好時機。對於她的想法，翠玉姨並沒有太多的意見，但要她量力而為，千萬要注意自己的身體；尤其是一個孕婦，更是禁不起任何的勞累，一旦有個三長兩短，那可不是鬧著玩的。當然夏明珠也知道身體的重要性，然而，又有誰願意那麼辛苦去加班呢！或許，個人有個人不同的家庭因素，個人有個人不一樣的苦衷，如果不是工廠硬性的規定，一些想加班的人，或多或少總是為了錢吧。

每天拖著疲憊的身軀回到家裡，夏明珠幾乎已是精疲力盡地躺在床上呼呼大睡。隔天一早又趕著要上班，如此來回奔波，連個喘息的時間都沒有。眼見她黑了眼圈，人也消瘦了不少，翠玉姨實在看不下去。

「明珠啊，妳這樣是不行的，妳會累倒的。」翠玉姨愛憐地說。

「不會啦，翠玉姨。妳看我不是好好的。」夏明珠雙手一攤，不在乎地說。

「從下個月起妳不要再去加班了，妳每月給我的那些錢也不能再給，把作息時間恢復正常，保重身體才是根本之道。」翠玉姨說了重話：「別忘了，妳的肚裡還有一個小生命！」

「翠玉姨，謝謝您的關心，我自己會注意也會保重的。」夏明珠認真地說：「那點小錢只不過是貼補您一點水電費，如果您不收下教我如何住得心安。」

「妳儘管安心地住下來。床舖空著也是空著，我只不過是多擺了一雙筷子。妳幫我做的家事，妳對一位老年人的關懷，何止是一個空床位、一碗白米飯可相提並論的。」翠玉姨有些兒激動地說：「好好保重身體，生一個健康的小寶寶比什麼都重要。如果不嫌棄，以後就在這裡住下來，彼此有一個照應，將來妳去上班，我來幫妳帶孩子！」

「翠玉姨，您替我設想得太週到了，不知要如何感謝您才好。」夏明珠由衷地說。

「孩子，不必說那些客套話。佛家講的是緣份，在冥冥之中，我們的內心裡彷彿有一份很深很濃的情緣存在著。」翠玉姨心有所感地說。

「翠玉姨，那是一份母女情緣啊！」夏明珠神情凝重而認真地說。

「或許是吧……。」翠玉姨微微地笑著說。

然而夏明珠說歸說、做歸做，一天拖過一天，並沒有打消加班的念頭，每天依然為錢辛苦為錢忙。原本紅潤的臉頰，不僅有些蒼白與微黃，甚且也與其他孕婦一樣容易疲倦。時而還會有頭暈目眩以及厭食之感，下體偶而也有出血的徵狀，整個人顯得沒有一絲兒生氣，與實際年齡簡直不成比例。然而凡事她都忍了，久了則變成痲痹，一切都感到無所謂也不在乎。對於日漸衰退的身體與出現異狀的生理，卻始終未曾去理會、去調養或去醫療。是為了省錢，還是對人生有不一樣的思考？夏明珠的內心裡似乎也沒有一個完整的答案。

港都的氣候是多變的，時而豔陽高照，時而烏雲密佈；今天的氣候更是悶熱異常。據說中度颱風「愛麗絲」已在恆春外海幾百海浬處，如果風速不變，晚上會在南台灣登陸，高雄也是在它暴風圈範圍內，隨時都可能遭受到風雨的侵襲。因此，工廠宣佈晚上不加班，所有的門窗緊閉，一台台縫紉機和一箱箱加工完成的成衣，都往高處堆放，以防淹水。所有的員工在整理好這些後，門外已是風雨交加，但似乎沒人懼怕這場風雨，一個個只管往回家的路上走。

夏明珠捲起褲管，穿著一件輕便的雨衣，兩手緊緊地拉著雨帽，惟恐被風吹落。然而強風驟雨已猛烈地侵襲著她的身軀，雨帽也數度被它吹落，雨水已淋濕了她的髮際，不停地順著臉頰流下；流進了她的體內。輕便的雨衣已擋不住無情的風和雨，雖然再走一段路就可到家，但在這寸步難行的風雨裡，回家的路途竟是那麼地遙遠。她微低著頭，停下腳步，靠在一盞微弱的路燈下，如果現在能攔下一部三輪車該有多好，雙倍的車資她也願意付，只是這個夢想在雨夜的荒郊裡難以實現。她用手抹去臉上的雨水，模糊的雙眼隨即明亮了許多。突然地，她感到腹部有一陣陣的絞痛，頭部亦有些昏沉。清醒的意識告訴她，快速地回家才是當務之急，只有回到家在翠玉姨的關懷下，方能解決所有的難題。於是她按著絞痛的腹部，輕便的雨衣已阻擋不住強烈的風和雨，雙腳也逐漸地不聽指揮，頭髮緊貼在頭皮上，從頰上落下的不知是雨水還是淚水。視野一片茫茫，水溝的水已溢滿整條馬路。她低著頭弓著身，時而走時而爬，而近在咫尺的家依然還在遙遠處，想要抵達竟是那麼地艱難。在離家不遠的圍籬旁，她已失去了意識……。

經過一番掙扎和博鬥，夏明珠的意志和身心已完全被這場風雨擊敗。醒來時，床頭懸掛著一瓶點滴，透明的小管子尾端是一支長針，直通到她左手的血管裡。模糊的眼簾只浮現出翠玉姨淡淡的影像，腹部有一份鬆弛感，下體卻有麻醉過後的疼痛，鼻孔呼吸到的，全是一些令人噁心的藥水味。

「孩子，妳醒了。」翠玉姨坐在床沿，用手輕輕地理理她散亂的髮絲。

「翠玉姨，這是什麼地方？」夏明珠的聲音低而弱。

「醫院。」翠玉姨輕聲地說。

「我生病了？」夏明珠微微地蠕動了一下蒼白的嘴唇，低聲地問。

翠玉姨點點頭，卻點出了兩行悲傷又憐憫的淚水。

「翠玉姨，外面風強雨又大。」夏明珠似乎想到了些什麼。

「孩子，颱風過去了，雨也停了。妳足足昏迷了三天。」翠玉姨柔聲地說。

夏明珠微閉了一下眼睛，突然地又張開無力的眼神，弱聲地說：

「翠玉姨，我的肚子好像變小了，也不像以前那麼地腫脹。」

「好好休息。妳的身體還沒有完全復元，不要想太多。」翠玉姨輕輕地撫著她的頭說。

夏明珠再次地閉上眼。不一會，又昏昏沉沉地睡了過去。

翠玉姨輕輕地把她的手放進被窩裡，面對著一張沒有血色的小臉，面對著一個被命運捉弄的生命，內心有難以言喻的感慨。要是她知道了，要是她知道肚子變小的原因不知會有多麼地難過。這個不該來的小生命終究又回歸到塵土，該為她高興還是難過？該為她慶幸還是悲傷？翠玉姨內心裡有一股無名的茫然存在著。

夏明珠的雙眼再次地睜開，無神的眼望著白色的天花板。她想起了什麼：是生命中的淒風苦雨，還是未來的喜悅在心頭。而腹中的孩子是她此生的依靠，還是累贅？一個在異鄉求生存的單親家庭，要花費多少心血才能把他養育成人？無情的光陰始終沒有給她一個完美的答案，讓她苦苦的思索著。

「翠玉姨，我的下腹怪怪的，很痛。」夏明珠痛苦地皺了一下眉頭。

「孩子，忍耐點，妳已經平安無事了，醫生說很快就可復元。」翠玉姨安慰她說。

「我的肚子裡好像已經沒有東西了。」夏明珠的手在被窩裡摸索著。

「明珠，翠玉姨不能再瞞妳。妳的肚裡的確是沒有東西了。」

夏明珠似乎意識到發生了什麼事，淚水已先滾了出來。

「這是命，這是人們無法抗拒又必須面對的命運。今天會形成這個局面絕對是上蒼的安排。孩子已胎死腹中多時，曾經對妳的性命造成嚴重的威脅；如果再晚一點送醫，老天爺也保不住妳這條命。」翠玉姨輕輕地拭去她流下的淚水。一遍遍輕輕地拭去。「明珠，妳要堅強起來，往後要走的路還很長呢。」

「翠玉姨，我會堅強的。」夏明珠閉著眼睛說，卻阻擋不住那些猶如決堤的淚水。

「我的人生歲月被這個突來的小生命攪得天翻地覆，既然錯誤已經造成了，但我並沒有規避責任。平安地讓她誕生，是我的初衷；撫養她成人，是我不二的堅持。今天她不想在這個世界上成為一個有母無父的孩子，我能理解。但那塊在我體內孕育數月的骨肉，卻那麼無緣無故地消失。翠玉姨，我心裡不僅難過，也很傷心。」

「我能體會到妳此時的心情。如果妳不難過、不傷心，那便是妳的心已痲痹，甚至人性也已淪喪。但我還是希望妳流乾淚水後，能重新站起來。」翠玉姨開導她說。

「會的。我會坦然地面對未來的人生歲月。」一串串的淚珠，一滴滴的淚水，又情不自禁地流濕了枕頭。

「妳的父母只有妳這位女兒，總有一天他們會年老，而老年人又不能沒有依靠。明珠，如今妳已沒有了拖累，必須勇敢地面對現實，回到父母的身邊，回到自己的故鄉，才是妳未來該走的路。」

「翠玉姨，在您的教誨和關懷下，希望我有這份勇氣。」

「孩子，能想開就好，但並非急於現在。待妳養好了身子，恢復了健康，再慢慢地來計劃吧；相信老天會補償妳的。」

「不，翠玉姨，我們不能怨天尤人。一切過錯都是我自己造成的，倘若要怪就怪自己的無知和幼稚吧。」

「這些日子來，妳雖然受到心靈與肉體的雙重煎熬，但卻領悟到不少真理。未來的路途對妳來說，必是一條寬廣又平坦的人生大道，它將引導妳走向一個幸福又安康的美麗新世界。」

「翠玉姨，謝謝您的祝福。未來果真有那麼的一天，您必是我夏明珠的再生母；我會永遠的銘記在心頭……。」

16

經過一段時間的調養，夏明珠的身體很快就復元了。然而她的內心似乎尚未完全平復，每日愁眉苦臉，喜悅始終掩不住憂愁。就在她情緒最低落的時候，林森樑的出現的確讓她驚喜萬分。

「森樑哥，你什麼時候來高雄的？」一見到林森樑，夏明珠的內心既驚又喜，當然也有點兒不自在。

「明珠，我畢業了。坐明天的船回金門。」林森樑興奮地說：「從下學期起，我要到學校誤人子弟當老師了。」

「當老師，那真是太好了。」夏明珠替他高興著。「今天剛好是禮拜天不必上班，晚上我請你和翠玉姨吃飯。」

「不必客氣啦。」林森樑搖搖手，笑著說：「今天提早來高雄，最主要的目的是來看阿姨和妳。因為我媽千交代、萬交代、再三的交代，不來看妳們回去準挨罵。」

「就衝著你專程來看我們，請你吃頓飯也是應該的。」夏明珠說。

「森樑又不是外人，妳也不必麻煩了，我們就到市場買點菜自己來煮。」翠玉姨適時地說。

「好，那我現在就去買。」夏明珠快速地拿了小錢包，提了菜籃，興沖沖地對著林森樑說：「森樑哥，要不要一起到市場走走？」

「好啊。很久沒逛市場了。」林森樑高興地說。

「那就一起去吧。」翠玉姨笑著說。

他們肩併肩緩緩地走在一條崎嶇的小路上。路的兩旁長滿著雜草，滿地的紙屑隨風飛舞，這真是一個名副其實的違建區。然而在這個城市裡，有一個遮風避雨的地方，對一位旅人來說誠屬可貴，豈能再有非份之想。

「森樑哥，人生的際遇有時是很難料的。這些日子來如果不是阿姑和翠玉姨的關照，我實在是沒有勇氣活下去。」夏明珠首先打開了話匣子，坦誠地說。

「過去的就讓它過去吧。人非聖賢，在思想尚未成熟時，往往會做錯許多事。雖然妳的身心受到難以彌補的創傷，但卻從其中得到了教訓。妳還年輕，一時的挫折沒關係，只要妳勇敢的面對未來，去尋找妳生命中的另一個春天，相信幸福就在妳的眼前。」林森樑開導她說。

「有些事並非如我們想像的那麼簡單。人追求的永遠是完美。試想，一顆破碎的心靈，一個不完美的身軀，又有何格去尋找春天。」夏明珠有些兒自卑地說。

「坦白說，當我知道事情的原委時，我的心裡也很難過。在我的心目中，妳永遠是那麼地聰穎懂事，想不到竟會被一些甜言蜜語所迷惑，做了無法挽回的憾事。」林森樑有感而發地說。

「森樑哥，你說台灣是一個美麗的寶島嗎？」

「難道妳做過如此的夢？」

「這或許是我失足的最大原因吧。」

「是的，長久以來我們被封閉在一個孤單的小島上。吃的是發霉的戰備米；聽的是隆隆的砲聲；喊的是反攻大陸去；看的是黃沙滾滾的土地。同一個國度卻沒有遷居的自由，注定要在這個小島上過一生。精神長期受到壓抑，才會有如此幼稚的夢想。」林森樑有些兒激動地說。

「森樑哥，雖然我的美夢已醒，但惡夢卻難揮。在我內心裡，寶島已不再美麗，人間何來天堂。」夏明珠感傷地說。「我一直在想：如果你當初繼續給我寫信，或許我不會淪落到這種地步。」

「妳在怪我？」

「沒有，我只是這樣想。」

「人是一種奇怪的動物，尤其是女人。當她被甜言蜜語迷惑時，心中是沒有旁人的；任何金玉良言和善意的規勸，總是被當成耳邊風。如果她的理智不能勝過情感，在那短短的剎那間，就是她吃虧上當的時候。我曾經聽母親說過，也聽秀菊說過，她們的勸告對妳來說一點都起不了作用，僅憑我的幾封信就能讓妳改變嗎？」

「雖然不能讓我完全改變，但總不會讓我愈陷愈深。因為我會想到，我的心還有另外一個男人在牽繫著，或許在行為上會有所節制和收斂。」

「如果妳現在的思維能取代當初的言行那就好了。明珠，妳的思想已經成熟了，昨夜那場混濁的夢也醒了；妳的青春歲月不該留在這個虛偽的人間天堂裡。回金門，回到自己的故鄉才是妳該選擇的方向。」

「翠玉姨也是如此地說。但我這個沾滿污泥的身，能重新去擁抱那片純潔的淨土？」

「從哪裡跌倒，必須從哪裡站起來。妳的身雖然沾了些污泥，但妳的心永遠是那麼地純潔和善良，相信我們的島民會接納妳的。」

「森樑哥，謝謝你的鼓勵。」

「什麼時候啟程？寫信告訴我，我會到碼頭接妳。」

「或許，總有一天吧……。」夏明珠不敢肯定。

他們在一個老舊而髒亂的市場裡東挑細選，小小的籃裡盛著雞鴨魚肉和青菜，讓林森樑領略到夏明珠的誠意。雖然夏明珠歷經過生命中的淒風苦雨，疲憊的身心讓她清瘦了一些，但和林森樑走在一起，依然能看出她的端莊和美麗，甚且更有一份成熟的美感。看在林森樑眼裡，她依舊是一個清純的少女，過去的那些夢魘並沒有在他內心裡激起一些污濁的水花。

如果能重新來過，相信她一定能扮演出一個賢妻良母的好角色，他勢必也會以愛來彌補她心靈上的創傷，共同建立一個幸福美滿的家園。然而可能嗎？時光是否真能倒轉，罔腰姑仔能接受一個被玩過又被遺棄的女孩做她的媳婦？任憑夏明珠是一個絕代美女，任憑夏明珠有滿腹經綸和才華；除非罔腰姑仔什麼都不知道，除非罔腰姑仔是一個昏頭又白痴的母親。要不，在純樸保守的小島上，誰會接受一個破了身的媳婦？雖然罔腰姑仔對夏明珠百般的愛護和照顧，但那畢竟是基於同情和憐憫，以及一份難以割捨的鄉土情懷吧。

在異鄉的城市裡遇到久別的同鄉，雖然那份思慕的情懷依舊在，但夏明珠卻有著不同的感受。如今她已不是一個純情的少女，而是一株殘花敗柳，她又有何格與一位即將為人師表的夫子相愛。晚飯後他們來到港都最浪漫的地方，它不是萬壽山而是愛河。而愛河潺潺的流水是否能撫平夏明珠創傷的心靈？他們緩緩地漫步在翠綠的草坪上，經過一株株低垂的柳樹，目睹柳樹下談情說愛的情侶們，林森樑的手輕輕地勾住夏明珠的指頭。他們想些什麼、想談些什麼、想說些什麼，無情的光陰並沒有給他們答案，任由時光隨著流水，流向愛河的出海口，流向一個深不可測的未來……。

他們在一張鐵椅上坐下，低垂的柳樹覆蓋著他們的髮際，柔和的燈光映照在對面的河岸，遠方的天空有繁星在閃爍，如此的愛河夜景，教人不陶醉也難。突然，林森樑的手環過夏明珠的腰，輕輕地把她擁入自己的懷裡。他聞到的依然是一股撲鼻的少女香；他撫摸到的依然是一個軟綿綿的少女身軀；他聽到的依然是一聲聲柔柔的音韻，與當初他們在一起時並沒二樣，也沒改變。而就在他低頭想輕吻她的時刻，夏明珠伸手阻擋住他的唇。

「不，森樑哥。我的唇已沾染著魔鬼的唾液，它已不再是一塊聖潔的淨土。倘若接受你的吻，必讓我汗顏。」

「不要想太多，雖然妳在某一方而有所殘缺，但對我來說卻是完美的。明珠，我愛妳的心始終沒有改變。」

「那是不可能的，森樑哥。此時的你與爾時的我並沒有二樣。那個時候，我被惡魔的甜言所迷惑；今晚你卻迷惑於一個曾經被惡魔沾染過的女人。我懊悔當初的所做所為，有一天你同樣也會後悔和我在一起。」

「不會的，我永遠不會後悔。」

「在小島上，你將為人師表，擁有一份高尚的職業。而在現實裡，無論我們的學歷或家境都相差著一段距離；我又是一個失過足的女人，爾後會讓你抬不起頭來的。」

「我不在乎這些！」林森樑說後，緊緊地把她抱住。

「森樑哥，理智點。」夏明珠輕輕地把他推開。「我知道你現在不在乎；但我在乎，你的母親也在乎。島上的鄉親父老更在乎！」

「除了我母親，秀菊和翠玉姨外，又有誰會知道這件事。」

「紙永遠包不住火。」夏明珠有些兒激動地說：「這是一個永遠洗不清的污點！」

「只要我們真心相愛，沒有什麼不可以的。」

「我不想和你激辯。」夏明珠的情緒平復了一些。「森樑哥，如果我是以前的夏明珠，在今天這個浪漫的氣氛下，我會和愛河邊其他情人一樣，做一隻乖乖的小綿羊，接受你深情的擁吻。但今天的夏明珠，全身充滿著罪惡和污穢，此刻能和你坐在一起欣賞愛河怡人的夜景，我已經心滿意足了。」

「妳不能有這種想法，妳必須為妳爾後的幸福著想。世界上的男人絕對不會都像王國輝。離開這塊『美麗的寶島』，遠離這個『人間的天堂』，一起回金門追尋妳的幸福。」

「金門是孕育我成長的故鄉，有一大我勢必要歸去。但不是現在。」

「我願意在那塊歷經炮火洗禮過的島嶼等妳。」

「歲月最易催人老，等待會有落空時。」

「不，等待是美的。美得就像愛河潺潺的流水……。」

他們相偕地站起，走在柔軟翠綠的草坪上。港都的夜空依然閃爍著萬般的光芒，鹹鹹的海風微微地吹在他們的臉龐，帶給他們一陣陣的清涼意。然而，這畢竟是異鄉的夜空，腳踏的也是異鄉的草坪，眼望的更是一個浮華不實的社會。因而，他們心裡沒有應有的踏實感，也沒有情人相約時的喜悅。今夜離別後，林森樑將搭乘軍艦返鄉，為島上苦難的莘莘學子貢獻所學，把青春和智慧奉獻給這片島域，做一個人人敬仰的好老師。而夏明珠該走向何處？歸鄉的路途依然是那麼地迢遙，蹣跚的步履是否能越過險峻的高山，以及深深的溝渠？一切聽天由命吧……。

17

夏明珠因為工作勤奮，學習認真，很快地就被調到「剪裁部」，不久又升了領班。

攸關她的私事，從不向人提及，倘若有同事問起，也只是含笑地帶過，始終保持著一份高度的神秘感。久而久之，習慣也就成了自然，大夥兒只知道她來自金門，對她卻無從瞭解起。當然，如果有人問起金門的事她是樂意奉告的，而且是知無不言，言無不盡；往往講到最後總有一些兒感嘆，也最容易勾起她思鄉的情懷。於是，她想起了年邁的父母，想起罔腰姑仔和秀菊；想起手持教鞭經常來信依然不死心的林森樑，想起那條筆直的新市街道。然而，當她想起和王國輝繾綣纏綿的那個破爛的豬欄，心中隨即冒出一股難以熄滅的無名火。她一生的幸福就毀在這個人的身上，他是一個不可原諒的罪魁禍首。不管他遠赴國外，或藏身國內，那個來不及出世的「死囝仔」如果地下有知，應該快去找他這個不負責任的爸爸，用他幼小的魂魄把他纏住，緊緊地把他纏住，她才甘心。

日子在忙碌又安逸的時光裡度過，轉眼來到港都已是一段不算短的時間。夏明珠並沒有什麼遠大的計劃和理想。她省吃儉用，唯一的目的是多存點錢買個棲身之所。雖然和翠玉姨相處融洽，但畢竟不是長久之計。有一天她在海上工作的兒子，終究會回到陸地娶房媳婦，屆時她就要離開這個暫時的居處。只要她想在這個異鄉的城市裡生存，就不得不為未來的歲月著想，這也是一個極現實的問題。如果有了自己的房子，將來也可以把父母親接來同住，她絕對能以自己的雙手來奉養他們，以盡為人子女之孝道。

然而，就在她為未來的時光做規劃的同時，她接到父親病重速返的電報。在那一個時刻裡，夏明珠的精神幾乎快崩潰，內心更有難以言喻之矛盾。「回家」與「不回家」這兩個看來十分簡單的問題，此刻卻在她的心裡交戰著，讓她難以取捨。倘若「回家」，她必近鄉情怯、寸步難行，只因為滿身的罪孽尚未洗淨。倘若「不回家」，她此生勢必要背負一個不孝女的罪名，讓親友們唾棄，更遑論要報父母恩。

「妳應當回去，妳應當回去看看。」翠玉姨提醒她說：「如果遲了妳會後悔終身。」

「翠玉姨，坦白說我是很想回去，但這張臉不知該往那裡擺？」夏明珠對自己所作所為，依然耿耿於懷。

「凡事不要以此為藉口，上天對妳的折磨和懲罰也足夠了。況且，這並非是妳一個人的錯，要怪就怪這個社會吧。它衍生的悲劇天天有人在上演，錯誤的情事時時刻刻在發生。人非聖賢孰能無過，只要能記取這個教訓，忘掉那些曾經讓妳傷神和痛心的往事，重新振作起來，妳依然能在自己的家鄉，擁有一片燦爛輝煌的天空。」

「謝謝您的教誨和鼓勵，歸鄉這條路或許是非走不可了。一旦啟程，我絕對不再踏上這個城市一步。當初因何而來，如今依然牢牢地記在我心中。在我落難的時刻，如果不是您的收留，或許我夏明珠的白骨早已沉沒在西子灣的海域裡。翠玉姨，現在我突然想開了，一個人做錯事如果不敢坦然面對現實，整天畏首畏尾，那便是弱者的行為。」

「孩子，妳長大了。妳確確實實長大了。」翠玉姨開心地笑著。

「翠玉姨，在您慈暉的映照下，想不長大也難啊。」夏明珠興奮地說：「兩岸的對峙或許會逐漸地緩和，戰爭總有結束的一天，希望有一天妳也能回到自己的故鄉。」

「可不是。以前是天天打；到後來的打打停停以及單打雙不打。打了那麼多年，還是打不出一個名堂。明珠，妳說的沒有錯，戰爭會有結束的一天。」

「翠玉姨，您想不想回金門？」

「傻孩子，俗話說：月是故鄉圓，水是故鄉甜，不想回去是騙人的；落葉歸根，天涯遊子心啊！」

「有朝一日希望我們能在金門見。」

「如果我不死的話，總會有那麼的一天……。」

夏明珠沒有猶豫，不再徬徨。她申辦的是單程的出境手續，也做好把戶籍遷回金門的準備。這個城市對她來說，並沒有什麼值得留戀的地方，唯一不能立即償還的那便是翠玉姨的恩情。夏明珠把她的決定以限時信向父母親稟告，俟出境證下來後，很快就能和他們見面。然而，她一直牽掛著父親的病情，但始終不好意思寫信告訴林森樑，請他代為關照。當然這樣也好，免得欠人家一份情；況且森樑哥的課務也相當忙，這或許也是她難以啟口的最大原因吧。但願父親的身體能早日康復，一旦回到金門她將分擔田裡的工作和家務，來減輕父母親肩上的重擔。這些日子以來，她也存了點錢，不但要把父親的病醫好，更要讓他們安享一個快樂安康的晚年。

夏明珠正式向工廠提出辭呈，也開始打理返鄉的行囊。當年，她懷著一顆沉重的心來到這個城市，今天的歸鄉是否能帶回一份喜悅？無情的光陰默數著她的歸期，讓她流下幾許傷心淚。曾經懷滿著希望，帶著未出世的孩子想到這個陌生的城市來依親，想不到負心郎已遠走異國；他的家人非但不相認，甚且她還受了一頓奚落和侮辱，如此的際遇，教她不傷心也難。雖然孩子等不及出世就隨著愛河潺潺的流水離她而去，讓她流盡了傷心失望的淚水。或許這個幼小的生命是不該來的，今天如果背負著這個包袱，她歸鄉的腳步勢必要停滯，留下一個不孝女的罪名在人間。而此刻她的心裡坦然多了，那份纏身的夢魘，正隨著時光的消逝慢慢地從她心裡失去。既然已鼓足勇氣踏上歸鄉的路途，未來她將無怨無悔留在自己的土地上，侍奉父母，過著與世無爭的平淡歲月。不管鄉人以什麼樣的眼光來看她，不管此生能不能夠找到幸福，她依然會勇敢的活下去。

向翠玉姨道別的那一刻，夏明珠伏在她的肩上嚎啕的痛哭著。想想：馬上就要離開這位情同母女的恩人，爾時如果沒有她的扶持，沒有她適時地伸出援手，她夏明珠何能再踏歸鄉路。

「孩子，不要傷心，也不要難過。人生的路途原本就佈滿著荊棘，從哪裡跌倒，就從哪裡爬起來，天無絕人之路。」翠玉姨輕輕地拍拍她的肩說。

「翠玉姨，我會勇敢地站起來，不會讓您失望的。」夏明珠拭了一下淚水，哽咽地說：「您要多保重。」

「放心地回去吧！只有踏上自己的土地，方能領受到那份踏實感和親切感；也惟有那個小小的島嶼，才是我們心中的人間天堂。」

「謝謝您的提醒……。再會吧！翠玉姨。」

夏明珠含淚辭別了翠玉姨，十三號碼頭對她來說並不陌生，返鄉的鄉親已依序上船。她站在甲板上，不想對這個悲傷的城市做最後的巡禮，竟連揮手說再見的意願也沒有，她不僅失望也傷心，今生今世絕不再踏上這塊污穢的土地一步。美麗的寶島只不過是空有的虛名，人們過著醉生夢死的生活；虛偽浮華、笑貧不笑娼，是這個城市的標誌。她輕咳了一聲，故意把一口痰吐在這片污濁的海水裡，而後是一聲不屑的冷笑。歸鄉的時間已不再遙遠；汽笛鳴過後，軍艦就要啟錨了，任何大風大浪也動搖不了她返鄉的決心，任何無情的打擊更擊不垮她重新站起來的信心。於是夏明珠笑了，面對港都這個烏雲蔽日的城市，她用鄙夷的眼神淡淡地瞄了一下，而後再次「呸」地吐出一口痰。是對這個城市無言的抗議？還是吐出心中長久的怨恨？只有夏明珠心裡明白……。

18

在晨曦的微光裡，遠遠已望見濛濛的太武山頭。雖然別離了一段時間，但「金門」這二個字對她來說依然是那麼的熟悉和親切。然而，她的心裡卻有五味雜陳的感慨；一旦上了岸，一旦走在回家的路上，她必須要面對爾時朝夕相處的鄉親。對於一位曾經失足的女子來說，一份自卑的心情不禁油然而生，這或許是一種自然的心裡反應吧？！

潮水終於盈滿了港灣，水兵以他專業而熟練的技巧，把龐大的軍艦停靠在岸邊。望著爭先要下船的鄉親，夏明珠的心情彷彿滑落到一個冰冷的極點。是近鄉情怯？還是無顏面對家人？她返鄉的勇氣在剎那間回復到失落的原點。她始終沒有和熟與不熟的鄉親打過一聲招呼，自個兒拎著行李低著頭，填了入境三聯單，打開行李讓安檢人員檢查，而後從鐵絲網的圍籬處，默默地走出來……。

「明珠。」

驀然，她被一聲熟悉的聲音怔住，舉頭一看，竟是秀菊。

「秀菊，是妳！」夏明珠興奮地走過去，緊緊地握住她的手說：「妳怎麼知道我要回來？」

「是翠玉姨打回來的電報，森樑哥要我來接妳；他今天有七節課要上，不能親自來接妳。」

「秀菊，謝謝妳。」夏明珠眼裡閃爍著一絲兒淚光。「有妳陪我回家，或許我的腳步會更安穩。」

「回來就好，不要再去想那些不愉快的事。」秀菊安慰著她說。「好久不見了，明珠，妳雖然清瘦了一些，但依然是那麼漂亮。」

「歷盡滄桑的女人，還有什麼漂亮可言。」夏明珠苦澀地一笑。「我爸病情不知怎麼樣了？」

「好像沒什麼起色。聽說妳媽已替他辦了出院，自行在家療養。」

「耕了一輩子的田，也辛苦了一輩子，如今又是病魔纏身，叫我不難過也難啊。」夏明珠紅著眼眶感嘆地說。

秀菊沒說什麼，似乎也感染了她那份悲傷的況味。

她倆上了一部攬客的計程車，告訴司機地址後，直往回家的路上奔馳。沿途她們並沒有繼續地交談，夏明珠雙眼凝視著車窗外；雖然故鄉的景物依稀，雙旁綠色的隧道更是她永恆的回憶。草地上的牛羊、田裡的農作物、門口埕的雞鴨，每一個景象都深深地印在她的腦海裡。然而　這些景物並不能讓她緊繃的神經放鬆，離家愈近，她的神情愈緊張，幾乎到了沸騰的極點。一旦到了家，一旦面對自己的父母，或許是她下跪贖罪的最好時機。而病榻上的父親，是否能接受女兒懺悔的心聲？年邁的母親是否會不記前嫌，依然以一對慈祥的眼神來關愛她？無數的問號，讓夏明珠陷入一個痛苦的深淵裡。

計程車停在家門口，踏進自家門檻的腳步竟是那麼地沉重。秀菊幫她提著行李，急速地想見父親一面是夏明珠此刻不二的選擇。而她的父親火旺叔竟然不是躺在臥房裡，是在大廳右側臨時用鋪板拼起來的水床上。他的眼眶深凹，眼球凸起，一層微黃而沒有血色的皮膚覆蓋在他瘦削的臉上，無力地吐著一口一口奄奄的氣息。夏明珠走到他的床前，雙腳軟弱地跪在他的身旁，用手輕輕地撫摸著火旺叔的臉，低聲地喊著：

「爸爸，爸爸，我回來了。」一遍遍柔聲地喚著：「爸爸，爸爸，我回來了。」而後，淚水像決了堤的海水，一波波向低窪處不停地傾洩著……。

「媽。」久久，她突然站起，撲向一旁的火旺嬸，緊緊地把她抱住，而後雙腳無力地跪下，跪在火旺嬸的面前。「媽，對不起。我做了錯事，請您原諒我……。」

「孩子，回來就好，回來就好。」火旺嬸說後輕輕地拉動她的手。「快起來，快起來。」

「媽……。」夏明珠並沒有站起，反而哇地一聲又痛哭了起來；而後轉身爬到火旺叔的床前，輕聲地說著：「爸爸，爸爸，我做了錯事，請您原諒我。」可憐的火旺叔並沒有聽見女兒的呼喚和懺悔，依然一口口吐出奄奄的氣息。

「好了，明珠，該起來休息一會。」秀菊走到她身旁，輕拍著她的肩說。

「秀菊說得沒有錯，起來休息休息吧。」火旺嬸也安慰她說。

夏明珠含淚地站起，面對著髮絲斑白、皺紋滿臉、腰彎背駝的火旺嬸，情不自禁地又響起一陣嚎啕的哭聲。在這悲傷的哭聲裡，聲聲激動著火旺嬸的心扉，聲聲如銳器般地刺在火旺嬸的心坎裡。母女相擁失聲地痛哭著……。

「媽，我們都不能再難過、再傷心。我們應該更堅強地站起來，期待著爸爸病情的好轉。」

「孩子，妳爸爸的病情已不可能再現奇蹟了。他唯一惦記的就是妳，偶爾地醒來，也只是唸著妳的名字。如今妳回來了，他的心願或許已了，未來的日子可能不多啦，這個家必須由我們母女共同來支撐，想不堅強也難啊。」

「媽，您放心。我挑得起這副擔子。」

「孩子，妳歷經人生中最大的波折和苦難，或許身心已疲；如今再讓妳挑這副重擔，我於心何忍啊！」

「媽，這是上天對我的懲罰，我無怨無悔。」

就在母女對話的時刻，突然火旺叔微微地睜開了眼，原本黑色的眼珠，此時卻覆蓋著一層微黃的薄膜。深凹的雙頰、露出脣外的牙齦，久未剃刮的鬍鬚，讓他失去原有的光彩，毋寧說已不成人樣。夏明珠走了過去，蹲下身，輕輕地撫著他瘦削的臉龐。低聲地說著：

「爸爸，我回來了。」

火旺叔似乎有了感應，露出一絲滿足的微笑。在剎那間的微笑裡，隱藏著一份無所取代的父女深情，裡面溶解著寬恕和包容。而後他微微地再閉上眼，也同時閉上安祥無憾的人生歲月……。

悲傷的哭泣聲在這方古老的屋宇裡繚繞，紙錢的灰燼滿地輕飄。任何的呼喚也喚不醒長眠的老者，任何的哀嚎依然不能讓往生者復活，這或許就是悲歡離合的人生歲月吧？！

聽到火旺叔往生的消息，罔腰姑仔和林森樑也趕來致哀。看見身穿藍布衣裳，額綁頭白，哭腫眼的夏明珠，林森樑內心裡似乎也湧起一股無名的悲傷。在眾多的目光下，他有所顧忌地始終和夏明珠保持著一段距離。鄉村是較有人情味的，遇到婚喪喜慶，幾乎家家戶戶都來幫忙。林森樑雖然想幫點什麼，但實在無從幫起，一個人傻傻地站在門口埕。罔腰姑仔卻一直陪著火旺嬸，安慰著火旺嬸。

「森樑哥，你裡面坐吧。」夏明珠主動地走了過去。

「妳不用招呼我。」林森樑愛憐地說：「自己要保重。」

「原以為回來盡孝的，」夏明珠一陣哽咽，「想不到是送父親上山頭。」

「不要難過，這就是所謂的人生，它必須歷經生、老、病、死等關卡。今天能夠回來見他老人家最後一面，那必是妳們父女連心的展現。」

「說來也是，再遲一天連最後一面也見不到了，我會遺憾終身的。」

「這點錢妳先拿去用。」林森樑從口袋裡取出一個厚厚的信封遞給她說。

「不，」夏明珠手一揮，並沒有把信封接下。「這幾年來我存了一點錢，父親的喪葬費不會有問題的。」

「拿去吧，」林森樑再次遞給她。「多買些紙錢燒給他老人家，略盡一點孝道。」

「森樑哥，我不會跟你客氣。一切都準備差不多了，你的好意我會稟告母親的。」

「好吧。」林森樑不再堅持。「如果有需要，隨時告訴我。」

「謝謝你。」夏明珠誠摯而柔聲地說。

今天的見面，雖然是他們回到這方島嶼上的第一次，然他們除了短暫的交談外，並沒有再談些什麼。只因為火旺叔尚未出殯，靈柩還停放在大廳裡，任你心中有千言萬語想傾訴，此時並非好時機。然而，在夏明珠心中，似乎並沒有什麼特別的話想和林森樑溝通和深談。該說的已經在愛河畔講得清清楚楚了，她知道林森樑是不會就此罷休的，每封信都是勸說的道理和思慕的情懷。但她能嗎？一個曾經失足的女子，能接受他的愛？能嫁給他為妻？這是不可思議的一件事。如果不是父親病重，她此時並沒有做歸鄉的打算；假以時日，林森樑始必會慢慢地把她淡忘，甚至也會全然地把她忘記。

而在林森樑的思維裡，他依然沒有忘記這份純純的愛。對於夏明珠所犯的過錯並不在意，對於她的遭遇更是心生同情。在四年的大學生涯裡，他親眼目睹同居又分離的男女同學；他們並沒有傳統的貞操觀念，把性當成是一種必然的洩慾工具。一個處女身又能值幾文，一顆純潔的心靈才是他想追求的。夏明珠雖然失足，但並沒有沉淪；在他的心裡，依然是一個標準的賢妻良母。因而，他愛夏明珠的心始終沒有改變，只是夏明珠的思慮過於細密，處處替人設想，卻從不為自己打算。倘若今生得不到幸福，則遠超於當初的失貞，難道要孤零零地陪著母親過一生？這是她必須思考的問題……。

火旺叔的喪禮在簡單隆重又哀傷的氣氛下完成。夏明珠的淚水已流乾，沙啞的聲音、紅腫的雙眼，藍布衣裳萬里鞋，別在髮上的小白花，幾乎讓她成了一個老婆子；火旺嬸傷心的程度更不在話下。然而傷心歸傷心，日子總是要過的，田裡的農作物，待放牧的牛羊，該餵食的雞鴨，還有一欄好吃懶動的豬隻，這些日常生活的擔子，看似簡單卻蠻累人。幾年沒有上山下田的夏明珠，必須戴上笠笠、捲起褲管，接下火旺叔遺留下來的農耕工作。

自從回到這個小島嶼後，夏明珠並沒有跨出村外一步，村人亦沒有用異樣的眼光來看她。然而，她心中卻有一個揮不去的陰影，這個讓她不敢接近幸福的陰影便是「自卑」。

有一天秀菊專程回來看她，但似乎不像是休假，而是受人之託回到這個古老的村落。

「明珠，打開天窗說亮話，妳對森樑哥的看法怎樣？」

「秀菊，我的事妳最清楚。像我這樣的女人，還能對一位為人師表的優秀青年品頭論足？我能有什麼看法。」

「妳不能再這樣下去，回復一個健康的心裡和繼承父親的農耕一樣重要。森樑哥對妳的感情始終沒有改變，罔腰姑仔也充分尊重他的選擇。明珠，這是妳追求幸福的大好時機，妳千萬不能失去這個機會。」

「秀菊，謝謝妳的開導。自從發生那件事後，沒人會比我更瞭解我自己。我知道森樑哥的用心和愛心，但我不能接受這份愛。一個失足的女人，一個連自己都不能原諒的女人，她還有什麼權利追求幸福。」

「明珠，妳不能有這種不正確的思維和想法。森樑哥不計較，罔腰姑仔不計較，妳更沒有計較的權利！」秀菊有些兒激動地說。

「秀菊，妳錯了。現在不計較，不表示以後不計較，不代表永遠不計較。」

「妳不把握住現在，怎麼能知道未來呢？」

「與其失去現在的幸福，也不能有痛苦悲慘的未來。」

「明珠，妳變了。妳的的確確變了。難道妳要孤孤單單地過一生？在漫長的人生歲月裡不想有一個伴？在苦難的日子裡不想有一個依靠？」

「過一天算一天，其他的以後再說吧。」

「以後再說？」秀菊重複著她的話，「明珠，青春一去不復返。以後、以後老了還有誰要？」

「我永不強求，一切聽天由命！」

「明珠，機會和青春是一樣的：一旦失去，永不復返。坦白說，今天我是受罔腰姑仔之託，先來徵詢妳的意見。如果妳同意了，她將央請媒人來提親，在妳父親往生的百日內，讓妳和森樑哥結婚。」

「秀菊，我的心意已定。目前陪伴母親和從事農耕是我不二的選擇。請妳代我轉告：他們永遠是我心中的罔腰姑仔和森樑哥……。」

冬至過後，秀菊休假回來時，罔腰姑仔託她帶來兩包囍糖。也同時告訴她，林森樑和何美娟老師訂婚的喜訊。一陣無名的喜悅掠過夏明珠的腦際，只見她雙手合十，口中唸唸有詞，衷心地祝福他們……。

尾聲

一九七八年，也是火旺嬸死後的第二年。一些在這方島嶼等待反攻大陸而無望的「北貢兵」，因為屆齡相繼地退伍。許多人和這個小島衍生出一份革命情感，因而選擇在島上定居。來自中華民國山東省的老海便是其中之一。老海是金門防衛司令部政治作戰部「武揚餐廳」上士炊事班長。他負責炒菜，煮大鍋飯對他來說也並非難事，蒸饅頭更是他的拿手。老海為人忠厚老實，除了吸煙外，似乎並沒有什麼不良的嗜好，只偶爾地到特約茶室去紓解一下壓抑的性，這對那些北貢兵來說並不是什麼新鮮事，也不必大驚小怪；只要他們小心行事，不要染上梅毒就好。其他的，又何必替他們擔憂。

幾十年的軍旅生涯，老海也存了不少錢，加上領了乙筆退伍金，只要省吃儉用，往後的生活費絕對不成問題。於是經人介紹來到這個小村落，租了一間廉價又老舊的柴房，經過一番整理，也就無憂無慮地住了下來。而這間空閒著的老柴房，屋主正是孤單的夏明珠。老海依北貢的慣例，叫夏明珠「阿嫂」。

自從火旺嬸死後，夏明珠肩上的擔子更重了。除了農耕，還要自行料理三餐，對於吃她從不講究，只要能填飽肚子就好，但還是經常飽一餐餓一頓。看在房客老海眼裡，則心生了同情。於是老海經常多做了幾個饅頭或包子，送給夏明珠。夏明珠眼見老海的一番誠意，也就無所顧忌坦然地接受。

「老海，經常吃你的東西，真不好意思。」

「阿嫂，妳不必客氣。每次我都是蒸了一籠子，自己一個人吃也吃不完。」

「如果你想吃頓地瓜稀飯就告訴我一聲，我可以多煮一點。」

「謝謝妳，阿嫂。看妳每天一大早就開始忙，真讓人佩服妳的幹勁。」

「習慣了，也是不得已。」

「如果田裡需要人幫忙，妳儘管吩咐。我山東老家也是種田的。反正我一天到晚沒事幹，閒得慌。」

「謝謝你，老海。我能感受到你的誠意，如果需要你幫忙的地方，再麻煩你吧。」

老海中規中矩、忠厚老實、樂於助人的形象，在這個村落很得人緣，也博得全村老少的信任，幾乎沒有人會懷疑他的操守和熱忱。或許，反攻大陸回老家的美夢已難以實現，因而他選擇在這個純樸的村落長期定居，村民更是鼓起熱烈的掌聲以表歡迎。於是經過一段時光的觀察和研商，村內長老和婆孀們總認為老海和夏明珠是很搭配的，如果能把他們撮合在一起，相互之間也有一個照料，何嘗不是美事一樁。經過多次對夏明珠和老海的勸說和開導；甚至遠嫁金城的秀菊，也經常帶著孩子加入遊說的行列。他倆終於點頭願意相互扶持和照顧。雖然他們的年紀相差近二十歲，但年齡的差距，似乎與實際人生沒有太大的關聯。在那段可貴的時光裡，他們相親相愛，相互包容和扶持，過著幸福美滿的田園生活。然而，幸福美滿的生活往往也遭天嫉，老海因心肌梗塞失救延醫，終於與世長辭……。

原載二〇〇三年五月一日至六月十六日《浯江副刊》

國家圖書館出版品預行編目

陳長慶作品集. 小說卷 / 陳長慶作. -- 一版.
-- 臺北市 : 秀威資訊科技, 2006- [民95
-]
冊 ; 公分. -- (語言文學類 ; PG0083)

ISBN 978-986-7080-32-5(第4冊 : 平裝)

857.63　　95001362

語言文學類　PG0083

【陳長慶作品集】——小說卷・四

作　　者 / 陳長慶
發 行 人 / 宋政坤
執行編輯 / 李坤城
圖文排版 / 張慧雯
封面設計 / 郭雅雯
數位轉譯 / 徐真玉　沈裕閔
圖書銷售 / 林怡君
網路服務 / 徐國晉
出版印製 / 秀威資訊科技股份有限公司
台北市內湖區瑞光路 583 巷 25 號 1 樓
電話：02-2657-9211　傳真：02-2657-9106
E-mail：service@showwe.com.tw
經 銷 商 / 紅螞蟻圖書有限公司
台北市內湖區舊宗路二段 121 巷 28、32 號 4 樓
電話：02-2795-3656　傳真：02-2795-4100
http://www.e-redant.com

2006 年 7 月 BOD 再刷
定價：320 元

讀　者　回　函　卡

感謝您購買本書，為提升服務品質，煩請填寫以下問卷，收到您的寶貴意見後，我們會仔細收藏記錄並回贈紀念品，謝謝！

1.您購買的書名：______________________________

2.您從何得知本書的消息？

☐網路書店　☐部落格　☐資料庫搜尋　☐書訊　☐電子報　☐書店

☐平面媒體　☐ 朋友推薦　☐網站推薦　☐其他__________

3.您對本書的評價：(請填代號　1.非常滿意 2.滿意 3.尚可 4.再改進)

封面設計____　版面編排____　內容____　文/譯筆____　價格____

4.讀完書後您覺得：

☐很有收獲　☐有收獲　☐收獲不多　☐沒收獲

5.您會推薦本書給朋友嗎？

☐會　☐不會，為什麼？______________________________

6.其他寶貴的意見：______________________________

____

____

____

讀者基本資料

姓名：____________________　年齡：______　性別：☐女　☐男

聯絡電話：________________　E-mail：____________________

地址：______________________________

學歷：☐高中(含)以下　☐高中　☐專科學校　☐大學

☐研究所(含)以上　☐其他________________

職業：☐製造業　☐金融業　☐資訊業　☐軍警　☐傳播業　☐自由業

☐服務業　☐公務員　☐教職　☐學生　☐其他__________

請貼
郵票

To：114

台北市內湖區瑞光路583巷25號1樓

秀威資訊科技股份有限公司　　　收

寄件人姓名：

寄件人地址：□□□

(請沿線對摺寄回,謝謝!)

秀威與BOD

BOD（Books On Demand）是數位出版的大趨勢，秀威資訊率先運用POD數位印刷設備來生產書籍，並提供作者全程數位出版服務，致使書籍產銷零庫存，知識傳承不絕版，目前已開闢以下書系：

一、BOD 學術著作—專業論述的閱讀延伸
二、BOD 個人著作—分享生命的心路歷程
三、BOD 旅遊著作—個人深度旅遊文學創作
四、BOD 大陸學者—大陸專業學者學術出版
五、POD 獨家經銷—數位產製的代發行書籍

BOD秀威網路書店：www.showwe.com.tw
政府出版品網路書店：www.*gov*books.com.tw

永不絕版的故事・自己寫・永不休止的音符・自己唱